2026. 1.

도전! 아프리카

도전! 아프리카

김용구 지음

좋은땅

남항체육공원 개장식
부산광역시 서구

2025년 부산광역시 서구체육회 제3차 이사회
2025. 6. 26.(목) 18:00 서구청 서관 2층 복지상황실

'건강 100세' 딱! 살기 좋은 도시 서구
경 남항체육공원 개장 축
2023. 5. 3.(수) 10:30

2024년 서구청장배 구민체육대회 유공자 시상식
2024. 11. 22.(금) 17:00 서구청 서관 2층 재난안전상황실

제9회 부산서구협회장배 골프대회
2025. 6. 9.(월) 08:30~17:00 디저파크 -AB)
· 주최/주관 : 부산광역시 서구파크골프협회 · 후원 : 부산광역시서구체 파크골프협회

민선 2기 부산광역시서구체육회
김용구 회장 취임식
일시 : 3. 31.(금) 00   장소 : 구청 신관 4층

민선 2기 부산광역시서구체육회
회장취임식
2030 부산세계박람회 부산유치,
서구와 부산광역시서구체육회가 함께하겠습니다.
EXPO 2030

밤을 밝히는 시리우스의 별빛은 나의 온몸을 밝혀 주고 있다.

오늘도 깜사르항구 앞 아프리카의 삼진수산 공장을 나와 밤하늘을 바라본다.

언제나 그렇듯 밝은 나의 별 시리우스가 앞길을 인도하듯이 밝혀 준다.

오래전 답답함을 이기지 못해 깜사르항구에서 답답함을 누르기 위해 갯벌 앞 바위에 앉아 하늘을 보았다.

유달리 밝은 빛을 띠며, 불타는 뜨거움을 내뿜을 듯한 별이 보였다. 항상 떠 있는 별이었을 텐데 무엇이 그리도 바쁘게 살았기에 여태껏 저리도 밝은 별을 보지 못했을까 하는 생각을 하면서 '그래 이제 저 별은 나의 별로 정해야겠다' 다짐했다.

인터넷을 검색하고 물어물어 별 이름을 찾았다.

시리우스…! 오리온자리 옆 큰개자리에서 가장 밝게 빛나는 별이고 태양과 달을 제외하고 금성 다음으로 가장 밝은 별이라 한다.

밝은 탓인지 길잡이별로 알려져 있으며 그리스어로 불타오른다는 뜻이라 하니 나의 별로 칭하기에 적격이다.

　개인의 자격으로 아프리카에 진출한 최초의 수산인이다.

　이곳 아프리카에서 나는 무엇을 이루거나 꿈을 잡으러 온 것이 아니며 난 그냥 아프리카의 시리우스가 되고 싶다는 것이다.

　이제 내가 이곳을 오지 않더라도 누군가 또 다른 시리우스들이 아프리카에 온다면 사막에 남겨진 내 발자국과 나의 별 시리우스가 그들을 안내할 것이다.

　대서양이 보이는 이곳 서아프리카는 아직 미지의 땅이다.

　기니의 깜사르항구는 70년대 보크사이트 광산에서 캐내어 온 것을 이곳에서 유럽으로 수출하는 기지였다.

　수출이란 단어가 어울리지 않는 선진국의 원자재 반출이란 표현이 맞을 것이다.

　하지만 나는 처음 올 때의 초심 그대로 이들과 상생하고 함께 공존하는 삶을 택했고 그것을 지켰다.

　비록 변화는 있더라도 변함이 없음을 지켜 나갈 것이다.

　저 밝은 시리우스가 지켜볼 것이고 앞으로 이곳으로 달려올, 꿈을 가진 많은 한국인들을 시리우스가 밝혀 줄 것이다.

나의 지난 이야기들이 또 다른 희망을 안고 달려오는 젊음들에게
좋은 길잡이가 되었으면 하는 마음에서 부족한 글솜씨를 이해하여
주고 책을 펼쳐 주기를 바라는 마음이다.

목차

지사 설립 국가들

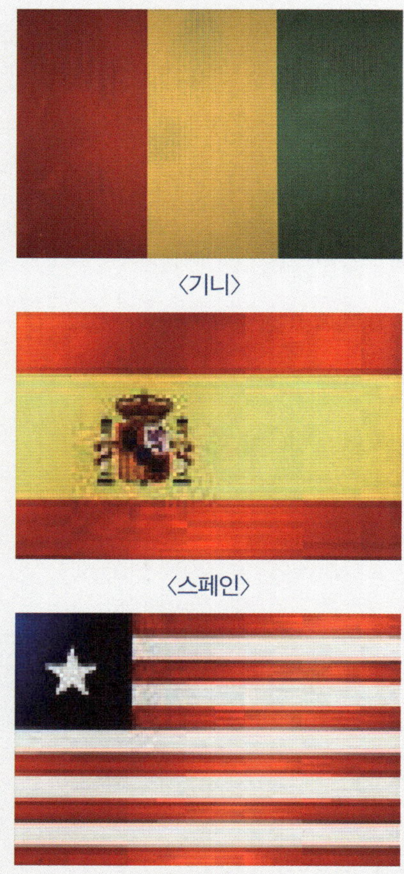

〈기니〉

〈스페인〉

〈라이베리아〉

〈앙골라〉

〈기니비사우〉

〈칠레〉

〈란사나 콩테 대통령 추도식〉

〈2012년 5월 알파콩테 대통령 방한〉

〈기니의 좋은 인연〉

〈버피네 장관과 행사장에서〉

〈알파콩테 대통령과 함께〉

〈공장 및 조선소 삼진수산으로
양도각서 작성〉

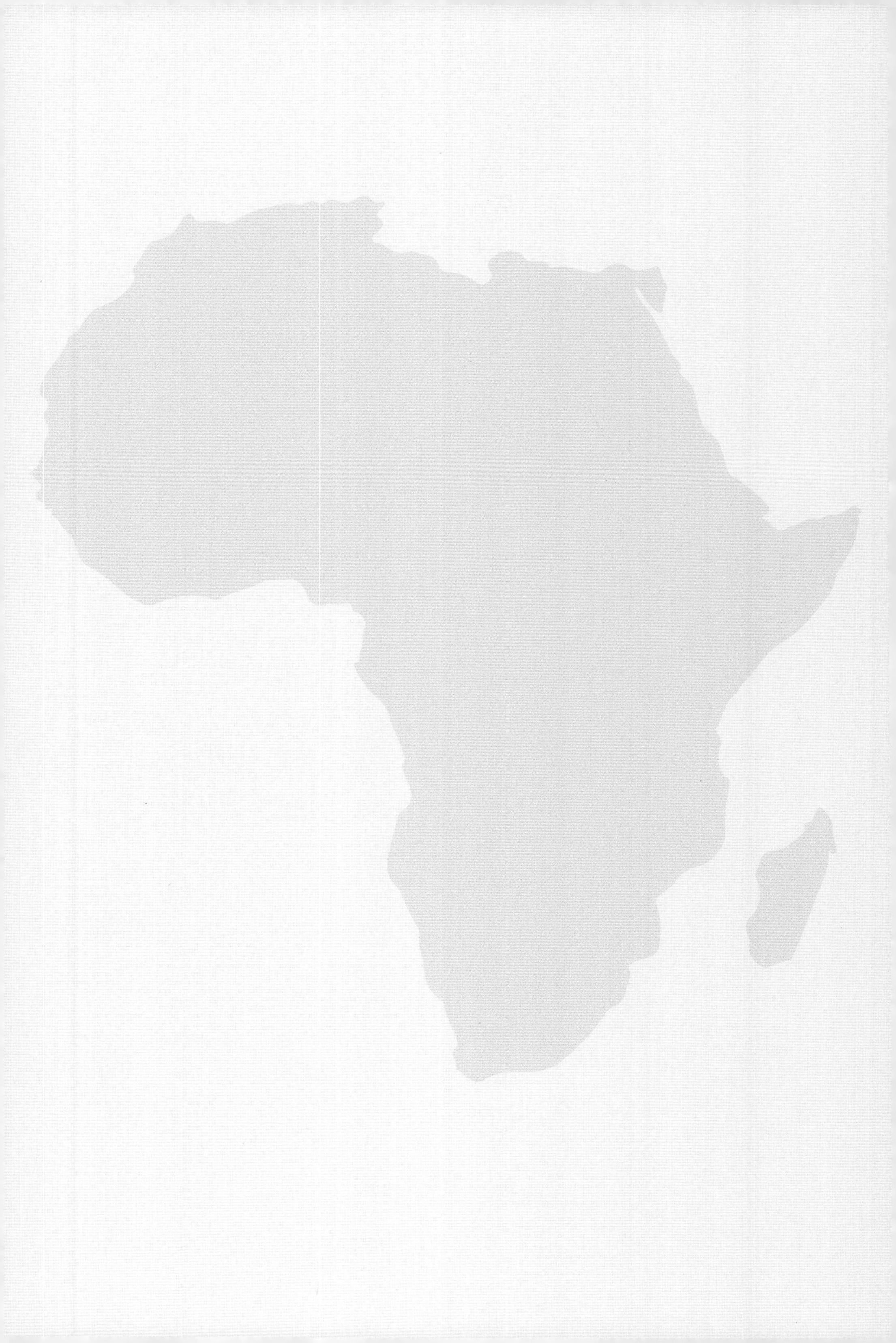

I

아프리카는 나의 도전을
기다려 주었다

대한체육회

부산 서구 체육회장 김용구….

요즘 들어 가끔 해 보는 생각에 내가 이 자리에 오기까지의 과정을 생각하며 나를 돌아보는 시간을 많이 가지게 된다.

젊은 시절 송도 앞바다를 새벽마다 달리면서 그날의 일과를 계획하고 퇴근 후에는 체력을 다지기 위해 열심히 테니스를 했었다.

그때 나는 새벽 공기를 마시며 백사장을 달릴 때마다 송도 앞바다를 지나 태평양, 대서양, 그리고 인도양까지 전 세계의 모든 바다 위에 배를 띄우고 잡은 고기를 다시 배에 싣고 물길이 닿는 오대양 육대주에 나의 고기를 팔 것이라는 생각을 했었다.

모두가 욕심이 큰 거 아니냐는 말을 하고 과한 욕심의 말이 될 것이라는 말을 들으면서도 나는 한 걸음씩 그 길을 향해 나아갔다.

내가 수산 업계에 발을 디딘 지 벌써 45년의 세월이 지나고 있다.

돌이켜 생각해 보면 어릴 적부터 항상 바다와 인연을 가지고 살아온 것이 나의 운명일 수도 있다고 생각해 본다.

경남 거제 앞 바다 조그마한 어촌마을에서 태어난 나는 첫돌이 지났을 즈음 조그만 통통배를 타고 당시만 해도 명태부터 수많은 어종의 고기가 넘쳐 난다는 곳, 휴전선 바로 아래 강원도 최북단 어촌 마을 대진으로 할아버지를 모시고 모든 가족이 이주하였다.

어린 아기였던 나의 바다 사랑이라 말하기에는 우스운 이야기이지만 거제에서 출발한 통통배는 당시의 여건으로 일주일이란 기나긴 시간이 지나고야 강원도 최북단 마을 대진리 항구에 도착할 수 있었다.

바다와의 첫 인연이라고 말하기에는 맞지 않겠지만 그것이 먼 훗날 아련함을 넘어 동경으로 바뀌었는지 모를 일이다.

첫돌이 막 지난 아기에게 통통거리며 기름 냄새와 거친 파도의 울렁거림의 일주일 바닷길은 살아온 일 년 동안 먹은 모든 것을 바닷속 고기들에게 돌려주기에 충분한 시간이었다.

나중에 커서 부모에게 들은 이야기로는 당시 이러다 아이가 죽으면 어떻게 하나 하는 생각뿐이셨다고 한다.

지금 와서 생각해 보면 그것이 나에게는 바다와의 충분한 인연을 맺게 하는 시발점이 되었을 수 있겠다는 생각을 해 본다.

군대 제대 후 얼마 지나지 않아 1983년 나의 미래를 위한 본격적 사업을 위하여 크지는 않지만 '오양냉동'이란 상호로 냉동 보관회사를 설립하였다.

회사의 성공 여부를 떠나 도전의 도화선이 된 그 회사가 오늘의 나를 있게 한 원동력이라 할 수 있을 것이다.

내가 앉아 있는 이 자리의 명패를 바라보며 갑자기 밀려오는 과거의 생각들이 나를 돌아보게 한다.

내가 하는 일에는 항상 도전 정신과 목표 의식이 뚜렷하게 자리 잡았을 때 본격적으로 뛰어드는 게 익숙해 있는 탓인지 항상 그러한 사고를 지니고 생각을 해 볼 때가 많다.

체육회장이란 자리 탓인지 사업이든 직장생활이든 건강 없이는 무엇이든 이룰 수 없다고 생각해 왔었다.

그러한 사고를 가진 덕택인지 밤낮없이 일을 하면서도 특별한 아픔이 없었던 것은 젊은 시절 열심히 운동하며 몸과 마음의 건강함을 키운 탓이 아닌가 생각해 본다.

아프리카에 출장을 가 있는 시간에도 모두가 잠든 시간 혼자 일어나 해변 모래사장을 달리며 내 삶의 고향 대진 앞바다도 생각하고 그날의 할 일들을 구상하곤 했었다.

꽤 오래전 지방선거가 끝나고 어느 정도의 시간이 지난 어느 날, 젊은 시절부터 나와 함께 열심히 테니스를 하며 서로의 꿈을 나누며 친구처럼 지내던 동료 공한수 서구청장으로부터 연락이 왔다.

식사 시간이 끝나 갈 무렵 "김 대표님, 제 부탁 하나 좀 들어주세요" 하며 신중하게 말을 띄운다.

길게 말하지 않겠다며 "서구 체육회장 좀 맡아 주셔야겠습니다"라고 했다.

오랜 시간 같이 운동을 하며 많은 이야기를 나눈 사이이기에 길게 설명하지 않아도 형제처럼 지내는 친구가 말하는 이야기의 의도를 충분히 알 수 있었다.

나 역시 길게 물을 것도 없었다.

'나를 믿고 나의 많은 것을 알기에 맡기려 하는구나' 하는 고마운 마음과 함께 "알았습니다. 내가 자격이 될지 모르지만 하는 날까지 열심히 해 보겠습니다"라 대답했다.

'스포츠라고는 달리는 것과 테니스밖에 모르는 내가 서구 체육회를 맡아서 할 수 있을까?' 하는 걱정이 없는 것은 아니었지만 나만의 뚝심, 도전 의식이 나에게 또 다른 자신감을 주었다.

오랜 세월을 함께하며 서로의 많은 것을 잘 알고 있는 공한수 청장이었고 체육회장 자리를 나에게 맡기고자 할 때는 나 역시 평소

도전! 아프리카

공한수 청장의 스타일이 매사가 분명하고 인품이 좋으며 그릇이 큰 사람임을 알기에 길게 이야기하지 않아도 서로의 생각이나 뜻이 잘 맞다는 걸 알 수 있었던 것이다.

사업을 시작하면서 건강도 중요하지만 나는 항상 사람과의 맺은 인연을 잊지 않고 살 것이란 생각을 하였다.

금전적 수입을 떠나서 고마움을 준 사람뿐 아니라 나와 인연을 맺은 많은 사람들을 잊지 않고 싶었다.

그리고 나는 할 수 있는 만큼의 사회적 환원을 실천하는 삶을 살고 싶었다.

지나온 나의 삶이 나 자신을 위해 노력하며 살아왔다고 자부해 보지만 항상 내 곁에는 많은 좋은 사람들이 있었고 나 역시 그들을 배려하고 서로를 이해하며 내가 어려운 시절에도 그들이 나에게 베풀어 준 마음을 잃지 않으려고 항상 머릿속 한쪽에 담아 두고 살아왔다.

특히 우리나라 올림픽의 영웅으로 이름이 널리 알려진, 대한체육진흥공단의 이사장을 맡고 있으며 동아대 교수로 오랜 기간 재직 중인 우리의 유도 영웅 하형주 선수와는 막역한 형제의 정을 나누며 살아가고 있다.

나는 많은 사람들과의 만남을 좋아하면서 특히 나이와 성격 탓인지 조금은 고지식하고 보수적 면이 있다는 생각을 해 본다.

다시 말하면 대한민국을 위해 이름을 떨친 사람도 좋아하지만 그보다 우선은 우리 대한민국을 위해 노력을 아끼지 않은 사람을 진심으로 존경하고 좋아한다.

가끔 인간미를 느낄 수 있는 포장마차에서 만나 함께 소주잔을 기울이는 최초의 유도 금메달, 하형주 선수는 그야말로 선수 시절에도 노력파였지만 은퇴 후에도 성균관대학에서 박사학위를 취득할 정도로 모든 면에서 모범적 삶의 모습을 보이고 있기에 대한민국을 위해 노력하며 매사 생각하는 면이 차분하고 그야말로 인간성이 괜찮으며 많은 사람의 칭송이 자자하다는 말이 어울리는 하형주 선수를 나이를 떠나 나는 존경을 표하고 싶은 동생이 아닐까 싶다.

오늘의 서구 체육회장은 훌륭한 사람들이 맡아야 할 자리인 것을 잘 알고 있었지만 나에게 제의가 왔을 때 나는 즉시 승낙하였다.

누군가 해야 하고 나에게 제의가 왔을 때는 그럴 만한 이유가 있을 것이란 생각이었기 때문이다.

그리고 나 역시 그동안의 삶이 항상 매사에 성실히 임했었고 누구와도 함께 더불어 사는 삶을 실행하려는 나의 긍정적 사고가 그들에게도 비추어졌으리라 생각한다.

 도전! 아프리카

그래서 그들이 볼 때 내가 필요한 분야가 있으니 불렀을 것이라는 고마운 생각을 가지며 항상 명패를 보며 '그래 주어진 자리에서 최선을 다하자. 그리고 항상 주변을 살필 줄 알고 나눔을 실천하는 인간이 되자'란 생각을 한다.

〈올림픽 영웅 하형주와 함께〉

〈나의 도전을 받아 준 아프리카의 기니〉

긴 여정의 시작

왔노라! 보았노라! 이겼노라!

난 이기기 위해서 아프리카를 밟았다. 난 '이겼노라'라는 자만감이 아닌 '이길 것이고 이겨야 한다'라는 목표 의식을 나에게 불어넣었다.

나에게 이곳 아프리카는 검은 황금의 땅, 서아프리카의 새로움을 바라보며 공항에 발을 내딛는 순간 두 주먹을 불끈 쥐며 소리 없는 외침을 율리어스 카이세르의 명언으로 내뱉었다.

한국에서 비행기를 타고 13시간 만에 파리 샤를드골 공항에 내리는 순간 '자 이제 어디로 어떻게 목적지를 향하여 갈 것인가?' 하는 막막함보다 '이제는 그동안 살아왔던 어떠한 어려움보다 더 큰 어려움이 닥칠 수 있다, 하지만 이제부터야말로 진정한 도전의 시작일 것'이라는 생각이 나에게 오히려 더 큰 힘을 주었다.

 도전! 아프리카

1990년대 초반, 당시만 해도 파리에서 아프리카의 세네갈로 가는 비행기가 주 2회 혹은 3회밖에 없었다. 한국에서 미리 사무실 직원들과 머리를 맞대고 계획을 세우고 왔지만 밀려오는 외로움과 알 수 없는 약간의 두려움은 어쩔 수 없었다.

파리에서 하루를 보내고 다음 날 세네갈행 비행기에 올랐다.

여섯 시간 정도의 비행은 지루함도 없이 활력을 주는 느낌이었다.

세네갈 공항에서 6시간 이상을 기다려서 기니의 코나크리 Ahmed Sékou Touré 공항에 내렸다. 소박하고 아담한 크기의 공항의 첫인상이 나의 풍부하지 않은 감성을 건드리는 느낌을 가져 본다.

한국에서 출발한 지 얼마나 지났는지 비행시간이 얼마나 되었는지 따위는 생각해 볼 겨를도 없이 직진이란 단어처럼 나아갈 길만 생각이 들 뿐이었다.

몇 년 뒤 아프리카를 자주 오가게 되었을 때 한번은 에디오피아 아디스아바바의 공항에서 환승 비행기의 계속된 지연으로 인하여 18시간을 꼼짝없이 공항에 갇혀서 의자에서 자고 면세구역에서 식사를 해결하면서 힘든 시간을 보낸 적도 있었듯이 미래는 알 수 없는 것이니 큰 문제 없었던 아프리카의 첫 비행의 순항을 기분 좋게 받아들여야겠다.

나라 이름부터 모든 것이 생소하다.

기니, 그리고 기니비사우, 모리타니, 적도 부근 중서부 아프리카의 적도기니 등 처음 들어 본 나라 이름들이지만 나의 도전을 실현시킬 곳이라 생각하니 이름조차 정겨움이 느껴진다.

지금 내린 이곳 기니에서 서아프리카의 북쪽에 위치한 모로코 앞 카나리아 제도에 있는 라스팔마스는 한국에서도 많은 사람들의 입에 오르내린 지명이라 나 역시 귀에 익숙한 이름이다.

당시의 라스팔마스는 한국 교민이 약 12,000여 명에 이른다고 했다.

내가 생각한 것보다 많은 숫자의 한국의 도전자들인 것 같다.

한국 초창기 원양어선들의 어업 전진기지, 어릴 적부터 나는 전진기지라는 단어가 왜 그리도 좋았는지 모르겠다.

하지만 내가 모르는 많은 삶의 슬픔과 아픔이 아프리카 대서양 앞바다를 떠다니고 있을 것이다.

힘들고 고달픈 원양어선에서 탈선하여 깊은 밀림으로 들어가 그곳에서 정착한 한국인도 있다는 말을 들었다.

그리고 현지인과 결혼 후 몇 십 년의 세월을 고국을 잊고, 보다 더 힘들게 고생하며 또 다른 삶을 이루었을 한국인들….

또 다른 도전자는 희망의 새 삶을 위하여 카나리아 제도의 바닷길 건너 검은 대륙 아프리카를 찾아와 자신의 꿈을 이루어 이곳의 한국인 교민으로 살고 있기도 하다.

비행기에서 내려 미리 연락해 둔 그곳 교민의 차를 타고 수도 코나크리 공항에서부터 엄청난 차량정체가 심한 시내를 벗어나 흙먼지를 뒤집어쓰며 두 시간가량을 달려 드디어 대서양이 보이는 바닷가 마을에 도착하였다.

아프리카에서 차량정체라고 한다면 이상하게 생각할 수도 있을 것이다.

이곳의 차량 대다수가 유럽이나 아시아의 국가들이 사용하다가 폐차 직전의 차들을 버리다시피 한 곳이 바로 이곳 아프리카의 미개발 나라들이기에 곳곳에 고장 차량들이 서 있고 차는 타고 다니는 게 아니라 매달려서 다니는 것이라 할 만큼 도심에서도 두어 사람이 매달려 가는 건 예사이고 차량의 지붕은 거의 꽉 찬 화물칸이란 표현이 맞을 정도이며 신호등은 부족하고 질서에 대한 의식이 없다 보니 교차로 부근은 항상 머리를 들이미는 차량으로 뒤엉켜서 꼼짝 못할 지경인 것이다.

잠시나마 이들의 모습을 지켜보는 나의 마음이 답답해 온다.
우리나라 역시 한국전쟁 이후 생활상은 지금 지켜본 아프리카와 다를 바 없는 처참함이었다는 걸 잘 알기에 이들을 바라보며 아려

오는 아픔이 가슴을 저며 온다.

다시금 주먹에 힘이 들어가는 것이 느껴진다.

빨리 일을 시작하여 나의 꿈과 희망을 현실화하면서 이곳의 국민들 생활에도 보탬이 될 수 있기를 바라고 함께 상생하는 아프리카의 꿈을 실현 시킬 것이다.

코나크리 인근 바다인 이곳에 도착하여 서부 아프리카 대서양 바다를 쳐다보는 순간 며칠이 걸려 피곤하던 육신의 모든 것이 살아나는 기분을 느꼈다.

대서양에서 불어오는 바닷바람이 마치 어릴 적 살던 집, 언덕 꼭대기에 있는 집이라 모두가 꼬대기집이라고 부르던 곳에서 바라보며 스스로에게 용기를 불어넣었던 대진 앞바다로 돌아온 것 같은 푸근함까지 느끼게 해 주는 훈풍이다.

멀리 펄떡이며 튀어 오르는 생선의 모습, 그리고 코끝을 간지럽히게 하는 비릿한 내음까지도 모든 것이 어릴 적 동해의 향을 생각나게 하고 나의 도전 의식을 불러일으키며 나 자신도 알 수 없는 조용한 미소를 짓게 한다.

하지만 나의 최종 목적지와 목표는 이곳 기니, 하나만이 아닌 걸 스스로 알고 있다.

<아프리카의 아픔 하나>

아니다, 아프리카에서 나의 목적지는 없다는 표현이 맞을 것이다.

끊임없이 나아감이기에 나의 목적지는 있을 수 없다고 해야 한다.

아직은 이름도 잘 모르고 익숙하지 않은 생소함이지만 기니의 코나크리에서 시작하여 기니비사우 앙골라, 세네갈 그리고 사하라 사막에서 밀려오는 수많은 플랑크톤과 미생물이 가득한 지하수가 함께하는 서사하라와 모리타니 앞바다의 풍부한 수산자원들은 생각만 해도 가슴을 뛰게 한다.

막연히 대서양, 그것도 당시만 해도 미지의 세계로 생각하게 하던 곳 아프리카 서쪽 바다에서 원양어선들이 많은 고기를 잡아 온다는 말만 듣고 달려왔다.

아프리카 쪽 대사관의 문을 수없이 두드리고 책을 보고 회사 직원들과 함께 머리를 맞대며 의논하길 수많은 시간들이었지만 나는, 아니 나와 함께한 많은 사람들, 우리는 지치지 않고 이겨 내면서 그 결론을 가지고 지금 내가 이 자리까지 달려온 것이다.

내가 잡을 고기가 있을 것인가?

아니 내 꿈을 이루어 나갈 모든 게 나와 함께 해 나갈 수 있을 것인가?

막상 달려와 보니 두려움이야 각오한 바이지만 막막함은 떨쳐 내기가 쉽지 않았다.

하지만 나는 내 꿈을 이루지 않고는 돌아가지 않을 것이다.

두 주먹 가득, 그리고 내 가슴 한가득 많은 것을 움켜잡고 대한민국으로 돌아갈 것이다.

〈코나크리 시내 교통상황〉

II

또 하나의 고향
대진 앞바다

아버지의 배 전복 사고

난 바닷가에서 태어나고 바다 내음의 비릿함을 당시에는 생각해 보지도 못해 본 것이지만 마치 샤워 후에 바르는 스킨이나 로션의 향기로 알고 자랐다.

모두가 어려운 시절의 삶이었겠지만 나에게도 어릴 적 삶은 다른 아이들처럼 즐거운 동심의 세계를 상기시키는 삶은 아니었던 것 같은 기억이다.

그러한 아픔이 다가올 때마다 난 두 주먹을 불끈 쥐는 버릇이 생겨났다.

그리고 그 주먹 안에 용기를 움켜잡고 도전과 자신감을 불러왔다.

부유하다고 할 수는 없었지만 그래도 선주이셨던 아버지의 제법 큰 배에서 잡아 오는 물고기로 우리 6남매는 부족함 없는 어린 시절을 보낼 수 있었다.

당시 서민들의 부의 척도는 창고에 쌓여 있는 연탄의 높이, 그리

고 작은방 한쪽에 쌓아 둔 쌀가마니의 숫자가 몇 개인지로 말해 주
는 시절이 아니었나 싶다.

초등학교 시절 어린 나의 기억으로 형들과 함께 기거하는 방의
한쪽에 항상 10개의 쌀가마니가 쌓여 있었기에 어릴 적부터 마음의
넉넉함을 저절로 느끼는 시간들이었던 것 같다.

나의 기억으로는 초등학교 3학년 추운 겨울인 것 같다.
갑자기 아버지와 어머니가 대진리 포구로 달려 나갔다.
나와 누나, 그리고 형, 모두가 누구에게 물어보거나 말할 사이도
없이 그냥 아버지, 어머니의 뒤를 따라 포구로 달렸다.
주변의 아는 동네 어른들은 모두 나온 것 같다.
벌써 많은 사람들이 울음을 터뜨리고 고함을 치고 엄마와 아버지
를 보자마자 옷소매를 부여잡고 알아들을 수 없는 울음 섞인 목소리
로 당기며 고함을 치고 있다.

내가 이해하기엔 벅찬 그 무엇이 있기에 엄마와 아버지는 아무
말씀도 못 하고 그야말로 속수무책으로 한쪽에 주저앉아 버리셨다.

잠시 후 나름 주변의 들은 이야기로는 아버지의 배가 풍랑에 뒤
집혀 20명 선원이 모두 겨울 바다에서 생을 달리했다는 것이다.

죽음을 몰랐던 어린 내가 받아들이기에도 충격이 컸다.

삼촌처럼, 형처럼 내가 따르며 함께했던 사람들이 모두 죽고 이제 볼 수 없다는 것인가?

어린 나이였지만 모두의 울음과 망연자실한 아버지의 모습에서 우리 가족의 삶이 무엇인지 모르지만 달라지게 될 것 같다는 분위기가 감지되었다.

태어나서 처음으로 죽음이란 단어를 몸속 가득 느꼈는데 너무나 큰 대가를 치르는 아픔이고 슬픔이었다.

나도 모르게 흐르는 눈물 속에 무엇인지 모르지만 이제는 내가 해야 할 일이 새롭게 생길 것 같았다.

그날 이후 형제들이 잠자던 방의 한쪽에 항상 쌓아 두었던 많은 쌀가마니가 보이지 않았다.

부모님의 이야기를 모두 알아들을 수는 없었지만 돌아가신 20명의 선원들의 죽음에 대해 그 가족들에게 금전적 보상으로 우리 집의 모든 가산을 처분해도 모자랄 지경이었다.

당시 부모님의 대화를 어깨너머로 들었을 때 돌아가신 분의 집마다 당시의 금액으로 20만 원을 지불하셨다고 한다.

그리고 그 외에 잡아 오는 고기도 많이 드렸다는 말만 들은 기억이 난다.

〈어린 시절과 달리 많은 배가 북적이는 대진항〉

그로부터 몇 년 후 내가 다닌 중학교 분기별 등록금이 5,050원이었으니 얼마나 큰돈이었을까 하는 생각에 부모님의 고생하심이 다시금 생각나는 시간이다.

육 남매의 다섯째였지만 집안의 가세가 많이 어려워졌다는 것을 형이나 누나의 조용함에서 함께 느낄 수 있었다.

나는 말로 표현할 수 없었지만 나름대로 지니고 있던 나의 희망, 꿈 그리고 가족들의 웃음을 잃어버린 시간들을 살았던 것 같다.

〈모든 게 그리운 학창 시절〉

호주머니 속 돌멩이

호주머니 속에 주먹보다 조금 큰 짱돌을 넣었다.

단 한 방이다. 실패하면 난 모든 게 끝이다.

비장한 결의와 함께 힘껏 주먹을 쥐고 새벽 4시가 되자마자 대진리에 단 하나 있는 신문보급소로 천천히 걸음을 옮겼다.

세상을 이만큼 살아오다 보니 참으로 많은 사람들과 만나게 된다는 것을 알게 된다.

좋은 사람, 나쁜 사람, 고마운 사람, 은혜를 갚아야 할 사람, 지나고 보니 미안했던 사람 등 내 삶에 큰 몫을 차지했던 사람들이 많았을 것이다.

일일이 이름을 거론하지 않아도 고마운 분들의 깊은 마음을 항상 마음에 기리며 그들의 복을 빌며 살아가고 있다.

그중 태어나서 첫 번째로 고맙고 미안하고 지금이라도 용서를 다시금 빌어야 할 분을 이야기하고자 한다.

요섭이 형.....!

오래전 돌아가셨다는 말은 전해 들었지만 이렇게 나의 글 속에서 요섭 형의 이름을 편하게 거론하여도 될지 모르겠다.

당시 사죄의 마음이 함께 있으니 행여 이 글을 좋은 곳에서 보더라도 이해해 주실 것이라 믿고 당시의 이야기들을 펼쳐 본다.

새벽 4시의 신문보급소 앞에 선 14살의 작달막한, 아직은 청소년이라 부르기에도 어린 소년이 주먹보다 큰 돌을 움켜잡고 보급소 문을 살며시 밀고 들어섰다.

삐걱거리는 소리에 스스로 흠칫 놀랐지만 앉은뱅이 의자에 앉아 신문의 부수를 세고 있는 요섭 형의 뒷모습을 보자 모든 생각이 사라지고 오른쪽 호주머니에 잡고 있던 짱들을 꺼내 들고 최대한 가까이 다가가서 털모자를 쓴 뒷머리를 향해 힘껏 내리찍었다.

잠시 앞으로 고꾸라져 넘어졌다가 다시 일어나 나를 돌아보았다.

난 도망치지도 않았고 당당하게 나보다 훨씬 큰 덩치의 요섭 형을 정면으로 쳐다보고 나를 잡고 내동댕이칠 것만 같은 형의 모습을 보며 다음 준비 태세를 취하고 있었다.

일어선 형의 뒷머리에서 털모자 밑으로 피가 흐르고 있었다.

두려움이나 격분의 떨림은 아니었지만 내 온몸이 떨려 오는 것을 느낄 수 있었다.

"용구 너 이 새끼 뭐야? 미쳤냐?"

어이없다는 표정과 화가 날 대로 난 요섭 형이 짱돌에 맞아 피가 흐르는 뒷머리를 잡고 큰소리로 부르짖듯 말했다.

"나 안 미쳤다. 아래쪽 신문 배달 내가 하자!"

나이가 한참 많은 요섭 형이었지만 내 딴에는 당당하고 용기 있게 말했다.

어린 나이였기에 친구들 모두가 아침이면 가방을 메고 가는 학교를 나도 가야 했다. 그게 나에게는 두려움을 이겨 내고 용기라 믿었기에 호주머니에 돌을 넣고 무모한 행동을 한 것이다.

중학교를 가고 싶었다.

내가 중학교를 갈 수 있는 방법은 당시 어린 나이로서는 신문 배달을 해서 돈을 모으는 것뿐이라고 생각했었다.

짱돌로 요섭 형의 머리를 내리치던 전날 낮에 형에게 신문 배달하는 남쪽 지역을 날 주면 안 되겠느냐고 물었다.

돌아오는 답은 간단했다.

"이 새끼가 미쳤나? 쪼끄만 놈이 뭘 한다고 까불고 있나?"

그리고 미군들이 신다 버리고 군부대에서 흘러나온 낡은 워커를 신은 구둣발로 나의 오른쪽 조인트를 걷어차는 것이었다.

워커를 신은 발로 처음 맞아 본 조인트는 부러지는 느낌의 아픔이었다.

나의 힘찬 짱돌질에 머리를 맞고 피를 닦던 요섭 형은 남쪽 배달을 나에게 달라는 말에 어이없다는 표정을 하며 헛웃음을 짓더니 흐르는 피를 손바닥으로 한번 훔치고는 조금은 휘청거리는 걸음으로 걸어오더니 나를 밀치고 나가 버렸다.

나중에 들은 이야기는 일단 병원이 믄을 열 시간이 아닌지라 집으로 갔다고 한다.

보급소에서 5분이 안 되는 거리에 요섭 형 집이 있었다.

대진에서는 모든 주민이 가족이고 친척처럼 지내는 그야말로 숟가락 숫자까지 알고 사는 사이였다.

아침 해가 뜨면서 온 동내가 시끄러워졌다.

아버지의 배 전복 사고 이후 3~4년 만에 우리 집 이야기가 온 마을을 뒤덮는 크나큰 사고로 시끄러워진 것이다.

요섭 형의 엄마는 대진리에서 유일한 조산원의 산파로 마을의 아기는 모두가 손을 거치는 분이었다.

집에 와서 이불을 뒤집어쓰고 누워 있는데 마당에서 요섭 형과 요섭 형 어머니의 목소리가 들린다.

쩔쩔매는 듯한 엄마의 목소리가 들리면서 형과 누나가 들어와 나를 일으킨다.

나는 아무 말 없이 방문을 열고 나가서 신발도 신지 않고 바로 요섭 형 앞에 꿇어앉았다.

“형! 내가 잘못했어요. 한 번만 용서해 주세요.”

요섭 형이 참으로 무던한 사람이었는지 아니면 너무 어이가 없어서인지 그냥 말없이 묵묵히 서 있다가 한마디 던지면서 나가 버렸다.

“내일 새벽에 보급소 와라!”

어린 나이였지만 새벽에 오라는 그 말이 무엇을 말하는지 나는 알 수가 있었다.

아버지와 어머니는 나의 그 일을 마무리하시느라 매일 잡아 오는 생선을 갖다 드리며 꽤나 마음고생을 하셨다는 걸 형과 누나를 통해 이야기 들었다.

그야말로 눈이 오나 비가 오나 그 어떠한 어려움이 있더라도 나는 단 하루도 쉬는 날 없이 아랫동네 신문을 배달했다.

그리고 주어지는 한 달에 1,500원을 모았다.

매일 한 부나 두 부씩 남는 신문을 엄마 친구 집에 배달해 주고 받은 돈 역시 일종의 부수입이었지만 알뜰히 모아 비록 남들보다 일

년을 늦게 입학한 중학교였지만 무사히 졸업할 수 있었다.

가끔씩 책상에 앉아 생각해 볼 때가 있다.

그때 요섭 형의 고마움이 없었다면 오늘의 내가 있을 수 있었을까? 고마운 형님!

늦었지만 요섭 형님의 명복을 진심으로 빌겠습니다.

〈시대에 맞추어 변해 가는 대진항의 모습〉

교무실의 구두닦이

"교장선생님 저 학교 좀 다니게 해 주이소!"

같은 또래의 동네 친구들과 달리 아버지 배의 전복 사고로 인해 기울어진 집안 탓에 한 해 늦게 들어간 중학교였다.

당시만 하더라도 등록금이나 육성회비를 정해진 날짜에 납부하지 못하면 선생님의 교무실 호출, 그리고 심할 때는 교실 뒤에나 복도에 나가 꿇어앉아 있기가 일쑤였다.

당시에는 사춘기 소년으로서 유달리 창피함을 느끼지 않을 수 없었다. 더구나 같은 중학교 같은 반 친구였지만 나에게는 모두가 초등학교 일 년 후배들인 것이다.

그날도 교실 뒤에 두어 명이 꿇어앉아 있다가 점심시간이 되었다.

점심시간이 끝나갈 무렵 교복의 단추를 제대로 잠갔는지 확인하고 모자를 매만지며 비장한 각오를 하며 교장실로 향했다.

교장실 문을 두드렸지만 아무런 기척이 없다.

잠시 문 앞에서 기다리고 있는데 복도 끝에서 교장선생님께서 걸어오시는 모습이 보였다.

가까이 오시길 기다렸다가 나는 교장선생님 앞에 바로 무릎을 꿇었다.

그리고 힘차게 말씀드렸다.

"교장선생님 저 학교 좀 다니게 해 주이소."

갑자기 이게 무슨 일인가 하는 당황스러운 표정을 지으신 교장선생님께서 말씀하셨다.

"일어나라. 무슨 일이고? 들어가서 이야기하자."

교장선생님께서 자리에 앉으시며

"그래. 말해 봐라 무슨 일이고?"

난 그 말씀이 끝남과 동시에 쓰고 있던 모자를 벗어 움켜잡고 바닥에 힘껏 내동댕이쳤다.

놀란 교장선생님이 자리에서 벌떡 일어서며

"너 이놈! 이게 뭐 하는 행동이고?"

지금 돌이켜 생각해 보아도 참으로 어이없고 버릇없는 행동이었다.

노년의 교장선생님께서 14살 어린놈이 자신의 눈앞에서 모자를 내동댕이치며 고함치듯 울면서 말했으니… 지금 떠올려 보니 얼굴이 붉어지는 민망함이 느껴진다.

"교장선생님, 집이 어려워서 등록금을 제날짜에 못 내고 있습니다. 근데 저는 학교에 다니고 싶습니다. 도와주세요."

참 당돌한 놈이구나 하는 생각을 하셨으리라.

다른 말씀은 하시지 않고 몇 학년 몇 반이냐고 물으시더니 바로 전화기를 돌려 담임선생님을 부르시며 나보고 교실로 돌아가라 하셨다.

담임선생님께 전화하는 걸 본 나는 어린 마음에 또 선생님께 혼나게 생겼다는 생각만 들어 걱정이 태산인 채로 교실에 들어와 자리에 앉아 있었다.

얼마 되지 않는 시간이 지나 교무실에서 일하는 급사 누나가 나의 교실로 들어와 "김용구!" 부르며 나를 찾는다.

올 것이 왔구나 하는 마음으로 교무실로 가서 선생님 앞에 섰다.

꿀밤을 맞거나 종아리라도 맞을 걸 예상하고 온몸에 긴장을 하며 입을 꽉 다물고 서 있는 나에게 예상 밖의, 선생님의 부드러운 목소리가 들린다.

"야 이놈 용구야! 그렇게 힘들고 어려운 일이 있고 하면 선생님한테 먼저 말을 해야지. 그렇다고 교장선생님한테 달려가면 해결이 되나? 무슨 말인지 알겠나? 다음부터는 나한테 먼저 말해라."

교무실

생각지 않은 선생님의 부드러움에 얼떨떨한 나에게 선생님은 또 말씀하셨다.

"용구 너 구두 닦을 줄 아나?"

뭔가 모를 좋은 일이 생길 것 같은 선생님의 물음에 큰소리로 답했다.

"예, 압니다. 집에서 형님 구두도 닦고 아버지 구두도 매일 닦아 보았습니다."

매일 배 타고 나가시거나 동네 주민들과 만나시는 아버지가 특별히 구두 신으실 일도 없었고 형님 역시 구두가 있는지도 몰랐지만 나는 재빠른 대답을 했다.

'됐다! 난 이제 학교에 마음 놓고 다닐 수 있게 되었다' 하는 푸근한 마음과 함께 갑자기 왈칵 눈물이 흘렀다.

나는 다음 날부터 일주일에 한 번씩 고무실에 가서 선생님 열두 분의 구두를 닦게 되었다.

한 달에 선생님 한 분당 100원씩 해서 난 한 달에 1,200원을 벌게 되었다.

교장선생님, 그리고 담임선생님 등 선생님들께 오랜 세월이 흘렀지만 지금이나마 감사드리고 또 한편으로는 참으로 버르장머리 없는 어린 제자를 감싸안아 주심의 따스한 마음에 지금도 마음속 사죄를 드리는 마음으로 열심히, 성실히 살아가고 있습니다.

대진 중·고등학교 선생님들 고맙습니다.

〈꼬대기집에서 대진 바다를 바라보며 큰 바다의 꿈을 키우던 곳〉

III

아프리카의 삶

아프리카의 1달러

아프리카라고 하면 대다수 밀림을 떠올릴 것이다.

아프리카라고 도시가 없을 리가 없고 나름대로 발전의 면모를 갖추고 문명의 혜택을 누리며 사는 사람도 많은 곳이다.

하지만 마음먹은 대로 가고 싶은 곳을 갈 수 있는 곳은 아닌 것 같다.

아프리카에 첫발을 내린 지 얼마 되지 않았을 무렵 코나크리 공항에 내려 달리 이동할 마땅한 차편이 없는지라 마중 나온 회사 직원의 차량을 이용하여 기니 최북단 깜사르 바닷가에 위치한 사무실 겸 숙소까지 가기로 했다.

300킬로 미터가 넘는 만만치 않은 거리이니 단단히 각오하고 출발하셔야 한다는 은근히 겁을 주듯 말하는 직원의 말에 '아이고 이 사람아! 내가 여기 아프리카에 맨주먹으로 왔던 김용구다'라고 속으로 외치며 조금은 자신감의 미소를 지었던 생각이 난다.

꽤나 막히는 도심의 거리를 두 시간여 만에 겨우 빠져나와 달리기 (달린다는 표현이 어색하리만치 시속 40~50킬로미터이지만) 시작하자 바로 광활한 평야 지대, 그리고 가끔씩 보이는 밀림의 모습들이 수없이 다닌 아프리카였지만 뭔가 또 다른 생소함을 주고 있다.

우리나라와는 많은 차이가 느껴지는 시골길이다.

집도 없고 마트고 주유소고 그야말로 아무것도 없는 황량한 길이 상상을 초월하게 한다. 게다가 비포장도로가 많은 탓에 차량의 시트가 제대로 역할을 못 하고 거의 바위에 앉은 기분이다.

두어 시간 달리다 보니 허기가 진다.

어느 정도의 각오를 하고 출발했지만 허기가 진다는 나의 말에 직원이 차를 세우고 꺼낸 물건들은 시골동네 구멍가게를 생각나게 하였다.

라면, 생수에 햇반, 그리고 몇 가지 마른반찬과 냄비였다.

우리 둘은 본격적으로 캠핑이라도 온 기분을 내 보자면서 웃으며 마른 가지들을 모으고 불을 피웠다.

해 보지 않던 캠핑의 감성은 생각만큼 즐거움은 아니었다.

라면도 끓이기 전에 숯검정이 얼굴 이곳저곳에 묻을 만큼 초보 캠퍼의 티를 내면서 불붙이기에 정성을 쏟았다.

우리나라의 고속도로에 비교할 바도 아니지만 그래도 우리가 달리고 있는 길이 이곳에서는 크고 잘 닦인, 우리나라로 치면 신작로 개념의 도로라 그런지 가끔은 차도 달리고 먼지도 뽀얗게 일어나는 곳이라 도로 한편에서 조금은 들어간 곳 나무 그늘 아래 자리를 잡고 마른 나뭇가지에 불도 제대로 붙이고 냄비의 물이 끓기 시작할 때였다.

어디서 나타났는지 영화에서나 볼 것 같은 부시 맨 스타일의 흑인 두 명이 가던 길을 멈추고 물을 끓이고 있는 우리의 모습을 애처롭고 참으로 안 됐다는 표정으로 바라보고 있다.

고개를 들고 '이 친구들 뭐지?' 하며 쳐다보는데 흑인 두 명이 심각하게 대화를 나눈다.

아무래도 아프리카 생활에 나보다 익숙한 회사 직원에게 물었다.

"이 친구들, 우리 보면서 뭐라고 이야기하는 것 같은데 무슨 말 하는지 알겠어요?"

"사장님 신경 쓸 것 없어요, 이 친구들 지나가면서 우리보고 왜 이런 길바닥에서 불 피우고 음식을 해 먹는지 참 안됐다고 말하고 있을 겁니다."

〈아프리카의 아픔 둘〉

나는 직원의 말을 듣고도 쉽사리 와닿지를 않았다.

"이 친구들 표정이나 말을 대강 들어 보니까 '근처 아무 집에 가면 밥 한 끼 정도는 다 줄 텐데 왜 이렇게 길에서 이러는지 알 수가 없네?' 하는 말 같아요. 여기 사람들의 오지랖이 아니라 상당히 인간적 면모의 사람들인 거지요."

"아 그래요?" 하면서 참으로 아프리카에 와서 느껴 보는 감동적 느낌이고 '마치 한국의 시골 어르신들이 지니고 계신 친절하고 아름다운 마음씨를 가졌구나' 하는 생각을 가지는데 직원의 이어지는 말이 감성에 젖어 있는 나를 무참히 부수어 버렸다.

"근데요 사장님! 여기 사람들 생활하는 집에 가서 식사할 생각은 하지 않는 게 좋습니다.

솔직히 말해서 저는 입맛에나 식사의 분위기가 잘 맞지 않습니다. 상수도 시설이 안 되어 있는 곳이 많다 보니 대부분 빗물에 의존하지요. 그러한 탓에 이곳 사람들의 위생에 대한 관념이 우리와는 많은 차이가 있다는 걸 알았습니다.

그리고 이곳의 일상이 거의 모두가 도구의 사용보다 맨손으로 하는 경우가 많다 보니 손도 발도 거칠지요.

좌우간 우리가 생각하는 위생은 아니라고 보는 게 좋습니다."

직원의 말에 더 이상 할 말을 잊어버릴 수밖에 없었다.

하지만 뭔가 안타까움에 측은한 눈빛으로 우리를 바라보던 그 순수한 눈빛은 잊을 수 없었다.

 도전! 아프리카

사소한 에피소드를 함께하며 열 시간가량을 달려 나의 사무실 겸 숙소가 있는, 이곳에서 말하는 깜사, 즉 깜사르에 도착했다.

일 년에 두, 세 번 정도씩 다녀가서인지 공항에서 평소와 달리 열 시간 이상 차로 달려온 이곳 깜사항이 마치 긴 여행 후 집에 돌아온 아늑함이 느껴지는 고향집 같은 기분이 드는 건 나의 모든 것이 아프리카에 젖어 들기 시작한 것일까?

항상 올 때마다 볼 수 있는 풍경이지만 오늘도 일어나서 숙소 문을 열고 나서는데 숙소 아래층에 근처 마을 주민들 30여 명이 모여서 있다 — 대다수 이곳 우리 회사에서 일하고 있는 어부들의 부인이나 공장 직원의 가족이지만.

그것도 나의 사무실 건물 바로 앞에서 갈이다.

처음에 와서 자리를 잡을 때까지는 이러한 모습을 보는 게 나로서는 참으로 어색함이었다.

쉽게 말하자면 나에게 눈도장을 찍고 다음에 배를 타는 일자리를 달라는 것이고 무슨 심부름이라도 시켜 즈기를 기다리는 것이었다.

지금은 소득이나 생활 수준이 많이 달라지긴 하였지만 그 당시 90년대 말쯤에는 그들의 하루 생계비는 1달러였던 것이다.

그들의 남편이 많은 시간을 너덧 명이 타는 쪽배에 몸을 싣고 대서양 태양 아래에서 그물질로 고기를 잡아 올린 대가는 하루 1달러였다.

안타까운 마음이 생기는 현실이었다.

문을 열고 나서는 나를 쳐다보는 그들의 눈길을 나는 똑바로 쳐다볼 용기가 나지 않았다.

조그마한 심부름이라도 자신들에게 시켜 주길 기다리는 눈빛, 그리고 무슨 말이라도 한마디 해 주길 기다리는 그 눈길이 큰 부담이었다.

그들에게 1달러는 가족의 생계였던 것이다.

하지만 당시로서 내가 할 수 있는 것은 한 명이 해도 충분한 일에 두 사람을 투입하고 세 명이 한 조가 되어 고기를 잡는 작은 쪽배에 너덧 명을 타게 하여 조금이나마 그들의 생계에 도움을 주는 게 내가 그들에게 할 수 있는 방법이었다.

하지만 이러한 현실은 이곳 기니만이 아니었다.

기니 위에 기니비사우 — 얼마 후 수산업 등 많은 업무적 일로 그곳의 정부 관리들과도 큰 인연을 맺어 기니비사우의 명예영사로 위촉받아 서울에 영사관 업무도 하였다 — 라스팔마스 지사, 칠레 지사 등 대다수 나라들의 환경이 비슷했다.

그리고 앙골라의 공장, 라이베리아 지사 역시 유사한 모습을 볼 수밖에 없었다.

〈아프리카의 아픔 셋〉

그러한 현실들을 직시할 때마다 나의 마음 한구석에는 하루라도 빨리 내가 기반을 잡고 나에게 꿈을 주고 도전과 희망을 안겨 준 이 땅, 검은 대륙 아프리카의 사람들에게 나도 빵과 희망이 있는 미래를 주어야 한다는 의무감 같은 또 다른 도전 의식에 박차를 가하는 계기가 되었다.

'꿈은 이루어진다.'
2002년 대한민국이 월드컵 경기로 환호할 때 외국인 국가대표 축구 감독이 하던 말이 생각난다.

그래 꿈? 이루어질 수도 있겠지? 하지만 사업을 하고 점차 나이가 들어가면서 내가 만들고 이룬 꿈은 절대 그냥 주어지는 것이 아니고 그냥 이루어지는 게 아니라는 것을 알게 되었다.

결코 가만히 있는다고 저절로 이루어지는 것이 아니었다.

내가 원하고 갈망하는 꿈이라면 그 꿈을 향해 뛰어가서 낚아채듯 잡아야 할 것이다.

세상에 노력 없는 대가는 없다는 것이다.

그리고 나폴레옹의 말처럼 승리는 가장 끈기 있는 사람에게 돌아간다는 말이 항상 가슴에 남는 말이다.

노력, 그리고 끈기만이 세상에 발자취를 남길 것이다.

어린 시절 신문 배달을 하기 위해 도전이 아닌 무모한 행동을 하던 일, 그리고 중학생 시절 그야말로 하늘과 같은 교장선생님 방으로 뛰어갔던 일, 이 모두가 조금은 무모하기도 하고 철없는 행동이었지만 당시의 나로서는 그러한 행동이 꿈을 잡기 위해 달려간 과정이었다고 말할 수 있을 것이다.

〈기니 알파콩테 대통령 동생의 깜사르 공장 방문〉

도전! 아프리카

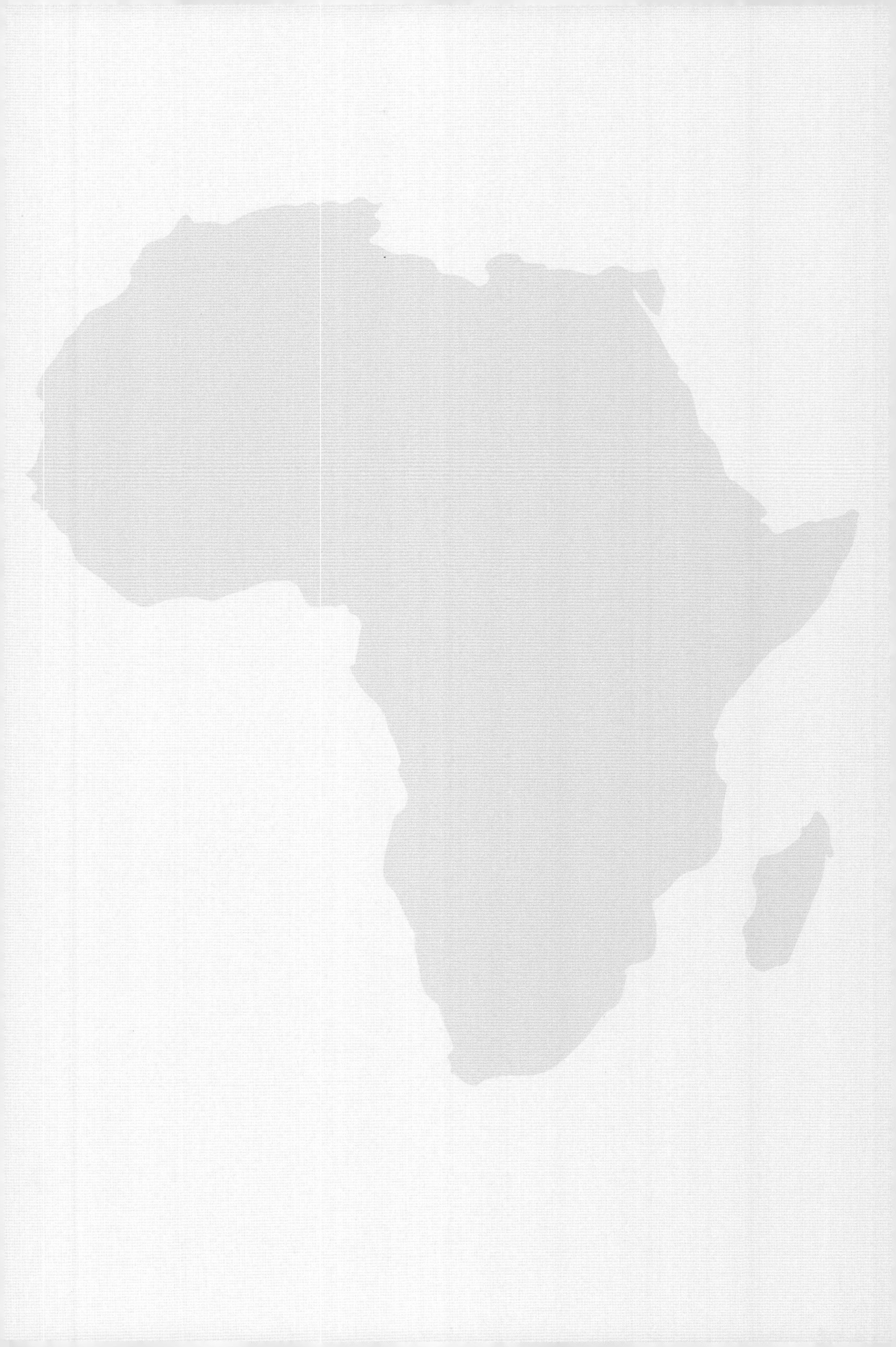

IV

아프리카에서 만드는 나의 꿈,
하나 그리고 둘
— 공장을 짓고 조선소를 만들다

바다를 메워 축구장을 만들 듯

넓게 펼쳐진 황토색 대지를 쳐다보며 막막함마저 생겼던 지나간 시간들이 파노라마처럼 펼쳐진다는 말이 실감이 든다.

오랜 시간이 지난 것도 아니건만 깨끗하게 지어진 공장이 마치 대서양의 저녁노을을 맞이하는 것처럼 보이면서 스스로의 뿌듯함마저 느껴지는 시간이다.

지난 몇 년 동안, 잡아 온 고기를 냉동시켜 한국으로 보내기 위해 먼바다에 떠 있는 외국 배들의 시설을 빌려서 사용하고 많은 경비를 들여 컨테이너선을 임대해서 부산으로 보냈다.

사용할 때마다 느끼는 답답함, 그리고 스스로에 대한 안타까움이 가슴을 아프게 했다.

그리 급한 성격도 아니건만 왜 그리도 속이 상했는지 모르겠다.

내가 잡은 고기를 내 나라로 보내는데 외국 배의 시설을 이용하고

  도전! 아프리카

외국 배들의 힘을 빌려 보낸다는 게 자존심까지 상하는 일이었다.

눈앞에 넓게 펼쳐져 황토색 운동장을 바라보고 있는 내 가슴이 과거와 달리 저 넓은 운동장만큼 속이 후련해졌다.

내가 발 디딘 이곳 검은 대륙 아프리카 기니에 유달리 정이 많이 가는 건 아마도 아프리카의 첫발자국을 찍은 탓이 아닌가 싶다.

꽤 오랜 시간이 흘렀지만 삼진수산의 공장, 아니 대한민국의 공장을 짓기 시작한 것이다.

여기저기 수소문하여 인부들이 자재 창고로 사용할 컨테이너부터 사들이고 지게차, 불도저, 포크레인 등 공사 장비를 알아보기 위하여 깜사르 주변과 알루미늄의 원료가 되는 보크사이드 공장이 밀집된 지역 인근까지 돌아다니며 수소문하였다.

우리나라와 달리 공장 건설에 대한 큰 제재는 없었다.

하지만 나는 나의 꿈과 희망을 실현시키는 이 땅 아프리카 기니에 조그마한 위반 사항조차 용납할 수 없었다.

오랜 시간 기니에서의 사업으로 국가의 주요 인사들과도 교분이 많고 친밀하게 지내고 있지만 나의 성격상 그러한 인맥을 활용한다는 자체가 용납되지 않고, 활용이 아닌 악용으로 생각이 드는 행태의 사업을 하고 싶지는 않았다.

알파콩테 대통령 전임인 란시니콩테 대통령 시절부터 기니의 발전에 대통령 개인의 관계가 아닌 한국과 기니가 함께 상생하는 길을 모색해 왔었던 것이다.

2008년 12월 란시니 대통령이 숙환으로 사망하고 그 이후 알파콩테 대통령이 민주 선거를 통해 대통령 취임 후 아프리카의 민주와 경제적 발전을 위해 노력을 하며 나와의 인연을 이어 갔다.

2012년 5월 한국을 방문할 때 같이 청와대를 방문하여 이명박 대통령과 경제 등 다양한 분야의 협력관계를 나누었으며 함께 여수 엑스포 및 광양제철소 등 방문 일정을 나와 함께 시간을 보낸 적 있었다.

이렇듯 고위직들과의 교분이 많았지만 회사의 운영이나 기니에서의 사업적 업무에 대하여 모든 것을 시간이 걸리더라도 원칙에 벗어나지 않을 것을 철저히 지시했다. 내가 이곳에 공장을 세우는 일은 내가 보다 많은 부를 축적하기 위함이 아니다.

나의 도전을 받아 준 이곳에서 이 나라 국민들과 함께 상생해 나감을 실현하는 것이다.

나의 말 한마디나 사소한 안일함에 대한민국에 폐를 끼칠 수도 있고 대한민국 국민의 위상을 떨어지게 하는 일이 생길 수도 있다는

생각에 여태껏 내가 이 나라에 온 이후 업무를 행함에 있어서 지켜
온 소신을 버리지 말 것을 직원들에게도 강조했던 것이다.

여기저기 깜사르 주변의 많은 지역을 겸사겸사 둘러보며 프랑스,
유럽, 그리고 중국이 아프리카에 공장 건설 후 방치해 둔 장비들을
손쉽게 구입할 수 있었다.

구입하는 대로 공장부지 예정지로 이동시켜 바로 매립 작업부터
시작하였다.

불도저가 눈앞을 지날 때마다 뽀얀 먼지 속에 아프리카의 꿈이
보이고 미래가 보였다.

잡아 올 고기의 신선도를 위하여 최대한 바다가 가까운 곳에서
매립을 시작한 것이다.

그동안 이곳에서 사업을 진행하면서 자주 얼굴을 마주한 관료들
에게 공장을 짓고 싶다 했었고 향후 조선소 건립까지 이야기했던 터
라 모든 일의 진행에 최대한 협조를 해 즈겠다고 하였던 것이다.

국방부 장관과 몇 차례 만나서 기니의 발전을 자주 논의하였기에
장관의 지시로 근처 관련 기관에 협조를 해 주라는 말이 있었다고
한다. 이곳의 공무원들이나 장관, 그리고 여러모로 인연이 깊은 대
통령의 동생 등 모두가 나라의 발전과 국민의 안녕을 기원하는 진실

이 보이는 사람들이었기에 나 역시 이들과 같은 생각을 가지고 진심을 다했다.

건설을 잘 모르는 나의 눈에도 공장 건설은 빠르게 진척되고 있다는 것이 보였다.

매립공사 현장의 크레인 등 많은 장비들의 내뿜는 굉음과 힘찬 기계음 소리에 인근에 살고 있는 많은 주민들이 이른 아침부터 몰려와서 구경을 하며 서 있다.

물론 그들이 살고 있는 이곳 깜사르 인근에는 보크사이드 광산에서 옮겨 온 광물들을 대형 선박에 싣기 위해 접안시설이나 모든 여건은 현대적 설비로 잘되어 있다. 하지만 이곳의 토착 깜사르 마을 사람들이 일을 하며 생계를 꾸리기엔 넉넉하지 않은 일자리에 기술을 필요로 하는 곳에 갈 수 없는 어부로 살아온 삶이었기에 자신들의 삶을 조금이나마 윤택하게 하고 있는 삼진수산에서 무엇을 만드는 것인가 하는 궁금함이 가득한 얼굴들이다.

많은 사람이 모여 있는 어느 날 함께 자리한 직원을 통해서 전달하라고 했다.

"이곳 바로 이 자리에 매립이 끝나면 공장을 지을 것입니다.

우선 그 공장을 지을 때 여러분의 도움이 필요합니다.

물론 공장이 완공되면 거기에서 일할 사람은 지금 여기서 보고 계시는 여러분이 될 것입니다.

원하시는 분 모두 하나가 되어 함께 발전해 나갑시다.

며칠 후 매립공사를 마치고 공장을 만들기 시작하면 많은 사람의 힘이 필요합니다.

여기 계신 분들이 오셔서 함께 일하고 많은 도움을 주세요.”

모두의 힘찬 박수와 환호가 쏟아져 나왔다.

그래 난 이 박수 소리와 함께 여기 이 사람들과 함께 살아갈 것이다.

평소의 나는 '더'보다 '덜'을 추구하는 삶을 살고 싶었고 '나'보다 '우리'를 먼저 생각하는 생활을 하기 위해 노력해 왔다.

나에게 꿈, 희망, 그리고 도전의 삶을 준 아프리카와 함께할 것이라는 마음의 다짐을 하였다.

도전! 아프리카

〈아프리카에 대한민국의 삼진수산을 만들다〉

아프리카와 함께 살아가는 삶

이제 잡아 온 고기들을 내가 만든 아프리카의 공장에서 냉동할 수 있고 그 고기들을 가공하여 한국으로 보낼 수 있다.

공장의 설비에서 가공되어 나온 첫 번째 생선 상자를 들고 내 손으로 냉동 창고로 옮겼다.

2층으로 지어진 공장을 바라보며 뿌듯한 마음은 벅차올랐지만 감회와 기쁨에 젖어 있기만 할 수는 없었다.

내가 하는 모든 일은 항상 시작일 뿐이다.

어린 시절 나에게 사회를 알려 주고 생존경쟁의 사회에서 이겨 내는 법을 가르쳐 준 선배가 있었다.

그 선배의 말이 '항상 현실에 안주하지 말고 조금 더 앞을 바라볼 줄 아는 삶을 살아가야 한다'는 말을 했었다.

여기 공장이 쉬지 않고 기계가 돌아가는 소리가 멈추지 않도록 해야 하는 게 내가 해야 할 과제였다.

그러기 위해서는 열심히 고기를 잡아 주는 이곳 주민들과 그들이 타고 나가서 고기를 잡는 크고 안전한 배가 있어야 한다.

공장을 짓기 전 내 머릿속에는 작은 즈선소가 있어야 한다는 것이 뇌리를 떠나지 않았던 것이다.

공장이 완공되고 난 후 공장설립을 적극적으로 도와준 사람들을 초빙하여 거창하지는 않았지만 축하연을 하며 자리를 마련하였다.

대통령의 동생, 수산부 장관, 국방 장관, 그 외 다수의 이곳 지역 유지 그리고 가장 중요한 이곳 주민들을 초빙하여 앞으로 함께 상생하며 살아갈 것을 다짐하는 약속을 다시금 말해 주었다.

이곳 정부의 몇몇 고위 관료들은 나이게 상당한 고마움을 표한다. 당신은 우리나라 기니를 위하여 진슨으로 도움을 주고 우리 국민을 위하는 사람이라는 것이다.

앞으로도 지속적인 당신 회사의 발전과 우리를 위해 노력해 달라고 하면서 언제든 무엇이든 도울 수 있는 일을 말하라고 한다.

그래 지금이다!

회사의 직원에게 정확한 통역을 지시한 후 또렷하게 말했다.

"나의 꿈은 공장이 아닙니다. 이건 시작일 뿐입니다.

당신들이 허락해 주고 도움을 준다면 이곳에서 이 나라 국민들과 함께하는 삶을 살아갈 것입니다.

다시 말해서 지어진 이 공장 앞 보이는 저곳 해변에 배를 만드는 조선소를 짓고 싶습니다.

저 멀리 보이는 저 배들처럼 크고 좋은 배를 만들어 이 나라 국민들이 타고 생선을 잡아 와서 여기 이 공장에서 가공하는 원스톱 시스템을 구축하여 공장을 짓기까지 많은 도움을 준 당신들과 국민들에게 보답하고 싶습니다.”

내 말을 들은 국방 장관의 표정은 그야말로 만면에 미소를 띠우며 '땡큐!'를 연발하면서 악수를 청한다.

당신이야말로 진정한 우리나라를 위해 일해 주러 온 영웅이라는 최고의 찬사를 보내면서 내 손을 잡고 놓을 줄을 모른다.

장관이 잡은 손의 힘에서 국가를 위하고 국민을 생각하는 그의 진심을 느낄 수 있었다.

국방 장관의 손을 잡으며 악수를 하고 조선소 건설 약속을 한 지 2년의 시간이 지나고 그들과 약속을 지키고 나의 꿈을 이루기 위해 본격적으로 움직였다.

물론 장관도 바뀌었고 관료들이 바뀌거나 자리 이동을 하였지만 '변화는 있더라도 변함은 없어야 한다'라는 나의 소신과 약속은 바뀌지 않았다.

이곳 기니, 내가 첫발을 내디딘 바로 이곳에 내 나름의 원대한 꿈,

조선소를 만들기로 한 것이다.

〈기니 정부와 공장 및 조선소 명의이전 양해각서 MOU 체결〉

〈공장 완공 후 직원들과 함께〉

〈기니 국방 장관과 회담 후〉

〈아프리카에 꿈을 만들다〉

아프리카의 삼진수산

변호사를 통하여 조선소의 건립을 위하여 움직이기 시작했다.

공장을 지을 때와 달리 많은 시간이 소요되고 장비부터가 달랐다.

예상하지 못한 건 아니지만 상당한 시간과 금전적 지출이 보이기 시작하였다.

이곳의 관리들은 생각보다 친절하였고 자기들 나라에서 투자를 하고 자국민의 일자리를 제공한다는 의미에서 상당히 호의적 자세로 도움을 주고 있다.

'아프리카니까… 후진국이니까… 이 정도면 되겠지?' 하는 마음은 나 자신이 용납되지 않는 성격이라 관계 직원들과 일하는 사람 한 사람 한 사람에게 다짐을 하며 안전과 완벽한 공사에 최선을 다해 줄 것을 강조했다.

이곳 아프리카에 오기 전 나는 회사 직원들과 수많은 시간을 서

아프리카 대서양의 생선들에 대하여 연구했었다.

세네갈 앞바다의 정어리 고등어 가다랑어, 모리타니 앞의 멸치 문어, 나이지리아 앞에서 잡히는 새우, 오징어, 그 외에도 갈치. 조기 등 무엇을 우리 회사의 주 종목으로 할 것인가에 대하여 많은 의견을 나누었던 것이다.

이곳 아프리카에 와서 매일 이곳의 생선을 반찬으로 먹고 회 로도 먹어 보고 그야말로 질릴 정도로 많이 먹어 보았다.

맛있는 고기보다 나는 우리의 입맛에 맞는 생선을 택하자 하는게 나의 결정이었다.

그리고 '대한민국 국민이 필요로 하는 생선이 무엇일까?'를 생각해 보았다.

민어조기, 그리고 조기를 주 종목으로 정하고, 제사상에 많이 올리는 문어와 우리네 반찬으로 손꼽히는 갈치를 함께 종목으로 정하였던 것이다.

우리의 예상은 빗나가지 않았다. 내가 그동안 먹어 보고 우리 회사가 최고의 입맛으로 결정한 것이 조기와 민어조기가 그동안 살아오면서 우리 한국인이 먹던 생선과 가장 유사한 맛을 보여 주었기에 두 종류를 정하였던 것이다.

오래전 결정한 생선들이 아직도 주 종목으로 자리를 잡고 회사의 이익 창출에 효자 노릇을 하고 있는 것이다.

내가 이곳 아프리카에서 살아가는 방법은 오직 한 가지였다.
성실하고 열심히 하고 이들의 의식구조에 조그마한 도움이라도 주면서 한국과 김용구의 삼진수산을 각인시켜 주고 싶었다.
이들이 마음 놓고 편하게 고기를 잡을 수 있도록 해 주고 싶었다.
보다 안전하고 모든 성능이 만족스러운 배를 만들고 싶었다.

바닷가에 지은 냉동설비 공장과 최대한 가까운 곳으로 장소를 정하고 매립 작업부터 시작되었다.
내가 아는 넓이의 기준이란, 축구장 크기의 몇 배 하는 식으로 들어왔기에 몇 제곱미터의 개념이 오지 않지만 어림잡아 볼 때 매립된 땅의 면적은 축구장보다 큰 것 같았다.

매립지의 크기와 나의 마음은 정비례하는 탓인지 나 역시 넓고 푸근함을 가지면서 매립지를 처다보게 된다.

선박 인양 작업 및 진수 작업을 위한 크레인이 설치되고, 만들어 둔 임시 부두로 들락거리는 배를 바라보며 보이지 않는 미소를 짓게 되지만 마음속 깊은 곳에서 나오는 힘찬 외침, '이제 또 다른 시작일 뿐이다' 하는 외침이 저절로 나온다.

감상에 젖어 있을 수만은 없는 시간들이다.

조금씩 나이 들어감을 느끼는 시간이 많아질수록 나의 체력에 대한 부담감 역시 깊어질 수밖에 없다.

아직은 힘을 내며 활동하는 시간들이다 하지만 아프리카의 더운 날씨 탓만은 아닌 것 같은 기분이 든다.

잡아 오는 모든 생선들을 손질하고 냉동 처리하는 과정까지 완벽하게 가공되는 공장이 있으니 이제는 보다 튼튼하고 안정된 어업을 위한 배를 만드는 조선소 건설에 박차를 가할 시간이다.

조선소 건설을 위해 많은 인력과 금전이 투입되고 있지만 뭔가 모를 안정감이 부족한 마음의 요인들을 제거하기 위해서는 아프리카 출장 때마다 직원들에게 안전과 모든 제품의 튼튼함 그리고 철저한 검증을 당부하였다.

나는 오랜 세월 웬만한 날씨에도 굴하지 않고 운동해 온 새벽 달리기를 위해 아프리카 해변을 부산 송도 해변으로 생각하면서 끊임없이 달렸다.

체력은 국력이라는 말을 들으며 살아온 세대이기에 나의 건강이 모든 것을 이겨 내고 이룩하는 것이라는 생각이다.

하지만 커피 한 잔의 한가함이 밀려오는 시간이 되면 나도 모르게 내 나이를 돌아보지 않을 수 없게 되었다.

삼진수산의 직원 모두가 가족처럼, 자신의 일처럼 일하고 있다는 것을 알고 있지만 나의 생각을 전부 전달하여 일을 하게 하는 부담을 줄 수는 없는 것이다.

그럴 때마다 불현듯 떠오르는 이름이 있다.

든든한 아들 김 동 하!

13살, 중학교 1학년으로 입학할 나이에 호주로 떠나보낸 것이다.

처음 비행기를 타면서도 두려움도 없이 떠났다. 게다가 엄마, 아버지의 '동행하자'는 말에도 걱정하지 말라며 오히려 배웅 나온 부모에게 안심하라는 말을 하고 혼자서 갈 수 있다고 하는 것이었다.

그 말을 듣는 순간 아무런 연고도 없이 혼자서 비행기를 타고 미지의 아프리카로 떠났던 내 모습을 보았다.

'아무리 내 아들이지만 아직 어린데 어째 이런 모습은 이리도 날 닮았단 말인가?' 하는 생각에 어린 아들에게 뿌듯함이 생긴다.

호주에서 중, 고등학교를 마치고 그곳 대학에서 경영학을 공부하고 대학원까지 마치고 건강한 청년이 되어 한국으로 돌아온 것이다.

한국에 귀국하여 H 기업에서 근무하면서 한국 사회에 대한 적응

이 되었다 싶었을 때 가족회의를 거쳐 지금은 나와 함께 아프리카를 오가며 나와 뉴삼진원양에 크나큰 도움을 주는 건실한 청년으로 생활하고 있다.

부모로서의 욕심이라 할 수도 없는 혼실에, 빠른 시간 나에게서 떠나 나름대로의 가정을 이루고 행복한 삶을 키워 나가길 기대한다.

이제 많이 크지는 않지만 뉴삼진수산의 조선소가 아프리카 기니의 깜사르항에 만들어지고 있다.

아프리카에 진출한 최초의 개인 기업가에서 이제는 아프리카 기니에 최초의 한국인이 만든 조선소가 세워진 것이다.

내가 아프리카에서 만든 배로 잡은 생선을 아프리카의 삼진수산 공장에서 가공하는 것이다.

나 혼자만의 자부심이라 해도 좋다.

처음 아프리카에 발을 내디딜 때 마음을 다지며 생각했었다.

'내가 있는 자리는 항상 시작점이지 끝이 아니다. 그리고 나에게는 끝이란 없다'는 도전 정신을 외쳤던 것이다.

오래전 갔었던 우리나라의 북쪽 끝 임진각 위쪽 도라산역에서 본 글귀가 생각났다.

'도라산역은 남쪽의 종착역이 아니라 북쪽으로 가는 출발역입니다.'

북으로 가는 출발역이란 글귀처럼 지금 내가 서 있는 이곳은 아프리카의 끝이 아니라 대서양으로 나아가는 시작점이라는 것을 말이다.

이제 나는 조선소에서 만든 배를 타고 비행기가 날개를 달았듯이 나의 배에 많은 날개를 달고 저기 보이는 넓고 큰 대서양을 향해 날아오를 것이다.

〈2012년 5월 기니의 알파콩테 대통령의 청와대 방문 당시
함께 반가움을 나눈 모습〉

〈내 꿈의 맨 앞에 서다〉

선박인양 전경

V

가슴에 함께하는 사람들

서면에서 만난 삶의 운명

수많은 풍파를 겪으며 중고등학교를 마친 대진리에서의 학교생활을 돌이켜 보면 '학창 시절에 왜 나는 학업보다 바다를 향하는 꿈만을 꾸었나?' 하는 생각을 해 본다.

모두가 하는 말이겠지만 나 역시 과거로 돌아갈 수 있다면 보다 어린 시절로 돌아가 열심히 공부하여 뭔가 학업의 한 부분을 구축해 보고 싶은 보다 큰 욕망을 가져 보기도 한다.

어린 시절에 사회적 성공이나 무언가를 이룬다는 것은, 부를 축적하여 금전적 넉넉함이 성공의 모든 것이라 생각하였다.

언제부터인가 많은 사람들과 만나 대화를 하고 내가 자리하고 있는 지금의 자리에서 나를 돌이켜 보는 시간이 되었을 때 느끼게 되는 것이 많았다.

다시 말해서 타인들과 다른 생각을 하며 살 수는 있지만 틀린 생각을 하는 오류를 범하지 않고 금전보다 바른 생각을 축적하여 삶의

여유를 가지며 보편적 사고로 판단하고 행동하는 바른 생활의 인간
이 되어야 한다는 것을 생각하게 되었다.

수구초심이라 할까? 나 역시 알게 모르게 대진으로 이주한 이후
한 번도 부산을 가 본 적 없지만 항상 내 마음의 고향은 부산, 경남
앞바다라는 생각을 잊어 본 적이 없었던 탓일까?

20년을 살아왔던 대진에서 고등학교를 졸업하고 큰형님이 거주
하고 계셨던 부산으로 가족 모두가 내려왔다.

처음 내려와서 본 부산에서의 며칠은 정신을 차릴 수 없었다.

20년 가까이 살아온 동해의 북쪽 끝 대진 앞바다와 많은 것이 달
랐다.

대한민국 제2의 도시 부산은 내가 상상한 곳보다 너무 컸다.

아직은 뭐가 뭔지도 모를 나이였지만 시골 바닷가에서 온 청년으
로서 느낌을 가지기에는 대한민국 제2의 도시 부산이 고향이라는
생각보다, 생소함이 느껴지는 대도시였다.

며칠이 지나 드넓은 태평양의 시작이었던 동해만 바라보며 살아
온 긴 시간 탓인지 답답함이 나를 감싸기 시작하였다.

길을 잃을지도 모른다는 두려움을 뿌티치며 길을 물어 가며 중간
중간 돌아올 길을 찾지 못할까 봐 보이는 건물을 외워 가며 걸었다.

내가 찾아간 곳은 부산항, 그리고 감만항 부두를 향해 걸었다.

두 시간 가까이 걸은 것 같았다. 부산진역을 지나 바닷가 쪽으로 크레인들을 바라보며 한없이 걸었다.

높이 솟아 있는 크레인들, 그리고 넓은 부둣가에 쌓여 있는 컨테이너들을 보자 갑자기 가슴이 뛰었다.

나에게는 부산의 그 어떤 구경거리도 필요 없었다.

무엇 때문인지 알 수 없었지만 나에게는 경이로운 최고의 구경이었고 여태껏 살아오면서 본 최대의 광경이었던 것이다.

지금 돌이켜 생각해 보아도 가슴이 뭉클해지며 심장의 소리가 들려오는 게 느껴지는 것을 보면 나의 운명은 아마도 그때 본 부둣가의 컨테이너와 크레인, 그리고 크나큰 화물 선박 때문에 알 수 없는 그 무엇인가 결정되었던 것은 아닐까 생각한다.

지금도 머릿속에 생생히 남은 스무 살 적 나에게 보여 준 감만항 부두 앞바다의 모든 모습은 한마디로 '경이롭다'라는 표현밖에 할 수가 없었다.

졸업 후 부산에 와서 처음 취직한 곳은 서면 근처의 포목점이었다.

당시 살고 있던 가야에서 걸어가면 한 시간이 걸리는 거리였다.

물론 그 정도의 거리를 버스를 타고 다닌다는 생각도 해 보지 않은 시절이었고 그럴 만한 형편도 아니었다.

새벽 일찍 일어나 가야에서 서면까지 약 10리 길을 달렸다.

아침마다 출근길에 달리면서 난 생각했다.

지금 이렇게 달려서 출근하는 모든 것이 나에게는 미래의 건강을 줄 것이고 잊지 말고 기억하면서 살아야 할 지표가 될 것이다.

직원이 나를 포함하여 5명, 크지는 않았지만 알차게 운영되는 포목 도매상이었다.

강 신 표!

입사한 지 며칠 안 되어 나보다 10살가량 많았던 직원들 중 최연장자이고 점잖으신 합천이 고향인 선임 직원을 만난 것이다.

이제 내 나이 70살이 되었지만 아직도 지난 시절을 추억할 때마다 그 이름 석 자가 떠오른다.

어린 시절 학교에서 배우지 않았던 많은 사회를 강신표 그분에게 배웠다.

손님을 대하는 법, 거래처를 상대하는 모나지 않는 방법, 서로가 불편함 없이 수금을 잘하는 법, 그 외에도 그는 친형님 못지않게 세상 사는 법과 어떻게 사는 것이 잘 사는 것이고 바르게 사는 것인가를 하나하나 세세히 가르쳐 주었다.

그때 듣고 배운 것들이 오늘날 내가 사업을 하면서 나도 모르게 인용하여 상대를 대하고 있다는 것을 느낄 때 수십 년 전에 들었던 건데 내가 지금 생활하는 모든 일상에 배어 있었구나 하는 생각에 깜짝 놀랄 때가 많았다.

그 당시 그분에게서 그러한 바른 생활을 배우고 익히지 않았다면 오늘의 나는 많은 사람에게 어떠한 모습으로 각인되고 있을까 하는 생각을 자주 하게 된다.

그러한 분을 사회의 첫발을 내리면서 만난 것은 나의 크나큰 복이 아닐 수 없을 것이다.

꽤 시간이 지났지만 군대에 입대하기 전, 불현듯 떠오르는 그분 생각에 합천을 찾았다.

지금이라도 강신표 씨를 찾지 않으면 더 이상 볼 수 있는 시간이 없을 것 같은 초조함 때문이었을까?

군대를 간다는 게 무슨 전쟁터에 가는 것도 아니건만 뭔가 모를 초조함이 앞선 탓인지 평소에 하던 그분의 이야기들을 기억해 내고 참고하여 합천으로 향했다.

무모한 도전이 아닐 수 없었다. 그래도 난 그냥 합천으로 달렸다.

막상 합천 읍내에서 이리저리 묻고 발품을 들여 기억을 더듬어 삼가면 동리로 찾아갔다. 막상 도착하니 조금은 암담함이 밀려온다.

우선 동네 어르신들이 많이 계신 곳으로 가서 이름을 대고 물었다.

처음 물음부터 벽에 부딪힌 것 같은 기분이 앞섰다.

마을을 천천히 돌아보면서 '그분과 관련 있을 만한 곳이 어디일까?' '살아 계시면 어떠한 사업을 하고 계실 것인가?' 등을 생각하며 여기저기를 기웃거리며 물어보았지만, 어릴 적 이곳을 떠나 객지 생활을 오래 했을지도 모르는 일인데 이곳저곳을 다니며 찾는 나를 다들 답답하고 안타까운 눈빛으로 바라본다.

오늘 내가 합천을 찾은 것 자체가 조금은 무모하다는 것을 잘 알고 있다. 하지만 난 이렇게라도 그를 찾아왔었다는 것이 조금이나마 그를 다시 기억해 보고 나 자신이 다시 한번 바른 삶을 살 수 있는 힘이 있다는 것을 느껴 본다.

비록 그를 만나지 못했지만 내 마음속에 영원히 함께 살아가고 있고 어디에 계시든 항상 건강하시길 기원한다.

도전! 아프리카

나에겐 50년산 위스키 같은 벗이 있다

주변의 많은 친구들 말에 의하면 나이가 들어갈수록 주변에 사람이 많아야 하는데 어째 갈수록 사람이 멀어지고 귀해진다는 말들이 자주 들리기 시작한다.

그러한 말들을 들을 때마다 "글쎄다 ㄴ 역시 그런 경우도 있지만 아직은 좋은 친구들, 좋은 사람들이 주변에 많이 있어서인지 외로움이 덜한 마음이다"라고 답을 하곤 했다.

학교 때 친구도 있고 사회생활을 하면서 만난 사람들, 그리고 사업을 하는 업계의 모임 등 일일이 손꼽아 보지는 않았지만 많은 친구들이 함께 살아가고 있음을 자부하게 된다.

물론 모두가 소중한 사람들이고 아름다운 추억을 함께하는 사람들이지만 참으로 오랜 시간 만남을 이어 오고 뜻을 함께하고 있는 50년 지기들을 이야기해 보고자 한다.

1977년 가족을 떠나서 남자로서의 진정한 홀로서기라 할 수 있는 군대에 입대를 했다.

모두가 하는 군대 생활인데 나라고 못할 게 무엇이랴 하는 자신감으로 창원의 훈련소를 마치고 광주 상무대를 거쳐 처음 발 디뎌 보는 전라남도 순천 인근 벌교에 있는 소규모 부대로 명령을 받고 앞으로의 내 인생에 한 축으로 남을 전우들을 마주하게 되었다.

사람의 만남이나 인연은 참으로 알 수 없는 것이다.

누구 하나 아는 사람도 없고 그야말로 한 집 건너면 모두가 군대에 속칭 뒷배경이라는 빽이 있기 마련인데 나에게는 언제나 그랬듯이 항상 나 자신, 나 혼자였던 것이다.

상무대에 도착하자 작대기 세 개 상병 계급장을 달고 있는 고참 병사가 우리를 정렬시키면서 어디서 훈련들 받았는지 고향이 어딘지 등 지나가는 말로 물어보며 지나친다.

나에게 어디에서 훈련받고 왔느냐고 묻기에 창원 훈련소라 했더니 반색을 하면서 자신도 창원 군번이라며 반가워한다.

고향 까마귀만 보아도 반갑다 했던가? 참으로 알 수 없는 인연의 축이 되어 조금이라도 나에게 힘이 되어 주려고 순천에 있는 부대로 가서 벌교에 가라고 조언을 해 주며 힘이 되어 주었다.

 도전! 아프리카

크게 내세울 것도 없고 자랑스러운 것도 없는 나였는데 아마도 부모님과 조상님의 은덕이 아닐까 하는 생각을 해 볼 수밖에 없다.

지금 다시금 생각해 보아도 참으로 고다운 인연이었다.

강원도와 부산 이외에 멀리 가 본 곳이 없는 탓인지 그리고 아는 사람이 하나도 없다는 생각에 두려움보다 약간의 쓸쓸한 외로움이 생기는 것 같았다.

하지만 그러한 생각이나 상념에 빠지는 건 잠시였다.

군대 생활에서 모든 신병들이 느끼는 것이겠지만 그러한 생각들은 호사스러움으로 치부될 것이다.

이곳 별교부대 인원 대다수가 여기저기 부대에서 차출되어 온 인원들이 많아서 그런지 조금은 어수선한 것 같지만 가끔씩 말을 건네오는 선임들의 말투나 모습에서 인간미가 느껴지는 건 나 혼자만의 생각은 아니었나 보다.

그래도 참으로 하루가 일 년 같다는 생각이 저절로 들 수밖에 없는 것이 졸병들의 군대 생활이었다.

모든 것이 지겹고 힘들다는 생각만 떠올랐다.

얼마 되지 않은 군대 생활이지만 가장 많이 들은 말 중 하나가 이제야 머릿속에서 맴돌기 시작한다.

'국방부 시계는 거꾸로 매달아 두어도 돌아간다.'

그래 바로 이것이다.

'인간은 환경에 맞춰서 살아가도록 만들어진 동물인가 보다' 하는 생각을 하지 않을 수 없다.

특히 나라는 인간은 스스로 생각할 때 그야말로 알래스카에 속옷 차림으로 버려져 있어도 살아갈 것이고 오히려 거기에서 냉장고도 팔 수 있다고 스스로 자부하며 살아온 인생이었다.

하물며 살아갈 생에 비한다면 이 정도 군대 생활은 즐기며 해 보자 하는 마음이 들기 시작한 것이다.

많은 선임들이 했던 이야기가 맞구나, 그래 내가 어떻게 생활하든 시간은 지나갈 것이고 환경은 내 마음먹은 대로 변하지는 않을 것이다.

어느 정도의 시간이 지나고 내가 생각을 바꾸면서 주변의 모든 생활이 달라지기 시작했다.

힘들다고 느꼈던 작대기 두 개의 일병 생활이 하루하루가 빠르게 지나가기 시작한 것이다.

발상의 전환이란 단어가 생각나면서 나는 또 한 번 스스로 성장

함을 맛보았다.

세상사 모든 것이 마음먹기에 따라 달리 보이고 나의 환경이 달라진다는 것을 알았다.

내가 버티고 이겨 내기 힘들었던 시련의 시간도 있었다.

78년에 어머니 그리고 이듬해 79년에는 아버지가 한 해 걸러 돌아가셨다.

내가 좀 더 자라서 좋은 모습을 보여 드리고 싶었는데…….

그것도 하필 군대 생활 중에 두 분이 돌아가신 것이다.

장례식 동안 눈물도 나오지 않았다.

울고 싶지 않은 게 아니라, 울 수도 없는 슬픔과 지난 세월을 고생으로 살아오신 부모님에 대한 생각이 눈물을 잊게 만들고 있었다.

부모님의 지난 세월이 며칠 동안 가슴에 지나고 있었다.

특히 대진리 꼭대기, 일명 꼬대기집에 살면서 새벽에 그물을 메고 나가시고 오후 늦게 좁은 골목길 계단으로 다음 날 새벽에 고기를 잡을 그물의 보망 작업을 위해, 그 시절엔 지금과 달리 무거운 시멘트 추가 달린 그물을 지게에 메고 올라오셨던 아버지의 모습이 자꾸 떠오르는 건 무슨 일일까?

지게에 올려진 무거운 그물보다 더 크고 무거운 삶의 무게를 지고 오르내리신 아버지의 지겟길이 자꾸 생각났었다.

〈아버지의 지겟길〉

이제 나는 마음이나마 기댈 수 있는 곳을 모두 잃어버린 것이다.

그래 이제부터는 나에게 기대며 살아야 하고 나 자신을 믿고 호기롭게 살아가야 할 운명이란 걸 절실히 느꼈다.

지금은 함께 생활하는 전우들이 나의 버팀목이고 서로의 어깨를 내줄 수 있는 마음들이란 생각으로 살 것이다.

모든 행복은 멀리 있지 않고 항상 내 곁에 있음을 생각하며 현실에 만족하는 생활, 즉 지금의 군 생활에 쵀선을 다할 것이다.

재경, 권수, 동열, 영호, 경태 이외에도 많지 않은 40명 남짓의 대대급 인원이지만 유달리 가까이 지내며 마음을 함께한 전우들이다. 1977년에 만나 제대 후 오늘날까지 재미있으면서 기쁨과 슬픔을 함께한 나의 버팀목이었다.

이 글을 쓰고 있는 2025년 7월에도 서울과 부산 중간쯤인 천안의 한 리조트에서 만나 하룻밤을 같이하면서 밀렸던 이야기들을 하며 함께 밥도 해 먹고 참된 친구들과 정을 나누고 왔었다.

이렇듯 지금까지도 일 년에 두 번 정도는 전국을 돌아가며 모두가 건강히 만나서 소주 한잔 기울이고 있으니 내가 얼마나 복이 많은 사람인가를 생각게 한다.

벌교를 중심으로 순천으로 그리고 제석산 꼭대기 OP에서 함께 지내며 생활하고 봄, 가을로 배를 타고 나로도, 손죽도, 죽도, 거문도 그리고 이름도 생소한 7가구가 모여 사는 조그만 섬 무학도 등으로 도서지방 수색을 다니며 많은 에피소드를 만든 벌교의 군대 생활, 이러한 생활이 나를 이겨 내게 하는 힘이었고 행복이었다.

당시에는 아무도 찾지 않는 나환자들의 섬, 사슴을 닮았다고 해서 '소록도'라 이름 지어진 섬에 부대 전원이 포구에 총을 정렬해 두고 들어가서 주민들과 만나 이야기를 나누며 모두가 가슴 아픔을 가지고 나왔던 일들, 모든 것이 아련함이다.

군대 이야기를 하면서 덧붙여 이야기해 보고 싶은 한 가지를 소개하고자 한다.

1979년 3월 초였던 것 같다. 제법 쌀쌀한 바람이 불 때였고 내가 중대본부 행정병으로 근무하면서 어느 정도의 중고참 위치에 있을 때라 따분함도 없애고 바다가 고향인 나로서는 부대원들과 함께 며칠간 생활하고 싶은 마음에 도서지방 수색 작전에 참여하겠다고 했더니 중대장이 만류하였으나 간곡히 부탁하여 작전에 동행하게 되었다.

선발대 7명에 포함되어 3/4톤 트럭 — 속칭 스리쿼터 작전 차량 — 뒷좌석에 옹기종기 앉아서 고흥 포두항으로 달렸다.

30분쯤 달려 보성군 벌교와 고흥군의 경계인 동강 고개를 지나

차량 천막이 가리지 않은 뒤쪽 경치를 보며 군인답지 않게 모두 모처럼 친구들이 함께 야유회라도 가는 기분처럼 조금은 들뜬 마음으로 기분 좋게 달렸다.

그러한 기쁨을 깨는 후임의 외침이 들린다.

뒤쪽 맨 뒤에 앉은 김 일병이 "스톱! 스톱!"을 연달아 외친다. 안쪽에 앉아 있던 나는 무슨 일인가 궁금해하는 중 차량이 급정거를 하였다.

김 일병은 재빠르게 뛰어내려 달려가더니, 그가 맨 끝자리에 앉아 졸면서 가다가 바람에 모자가 날아가 버려 저만치 떨어져 있는 자기의 모자를 주워 들고 헐레벌떡 뛰어왔다.

하지만 내가 본 김 일병의 얼굴은 그제야 군기가 바짝 든 후임답게 벌써 걱정이 잔뜩 들어간 얼굴이다.

고참들에게 혼날 걱정이 떠오른 것이다.

후임들의 잘못은 모든 것이 군기가 빠졌다는 것으로 귀결되기 때문이다.

하지만 처음 부대 밖으로 나가는 후임들의 작전인지라 고참들의 표정은 생각보다 너그럽게 넘어가는 모습이 보인다.

한 시간쯤 달려 고흥반도의 맨 아래에 자리한 조그만 포두항에서 농작물을 싣고 다니는 작은 목선을 타고 쌀쌀함이 느껴지는 바닷바람을 맞으며 뱃길을 달려 손죽도에 도착했다.

제대로 된 선착장이 아닌지라 뱃전에 3미터 정도의 널빤지를 걸치고 한 명씩 조심스럽게 군장을 메고 각자의 총을 들고 널빤지를 건너 배에서 내렸다.

중간쯤 내가 건너고 '다들 건너왔나?' 하는 마음에 뒤를 돌아보는 순간, 얼핏 보니 아까 트럭으로 달려오던 중 모자가 날아가서 잠시 소동이 일었던 후임 김 일병의 모습이 스치며 그가 "어! 어!" 하는 비명에 가까운 소리를 지르며 휘청거리더니 군장을 메고 소총을 들고 있는 채로 바닷물 속으로 곤두박질쳐 버리는 것이다.

누가 잡아 줄 수도 없는 상황이었다.

미리 마음의 준비를 하지 않고 건너게 되면 군장의 무게로 인하여 중심을 잃을 수밖에 없는 상황이었던 것이다.

다들 어안이 벙벙한 채로 김 일병이 빠진 바닷물을 쳐다보고 있었다. 물이 꽤 깊어서인지 물속의 김 일병이 아른거리면서 발버둥 치는 듯한 모습이 보이더니 서울 출신답지 않게 능숙한 손놀림으로 불과 10초쯤 지나 떠오르더니 바위를 잡고 올라왔다.

어라? 근데 군장과 총이 보이지 않는다.

물속에 그것들을 내팽개치고 몸만 올라온 것이다.

 도전! 아프리카

오들오들 떨고 있는 김 일병을 보며 측은한 생각과 한심한 생각을 하면서 난 반사적으로 아래위 군복을 벗었다.

다른 것도 아니고 군인이 총을 버린다는 건 내 생각에는 군인으로서 도저히 용납되지 않는 큰 사고인 것이다.

곁에 있는 동료들이 "용구야! 너 뭐 하냐?" 하는 소리가 웅성거린다.

순간 내 생각에는 같이 온 선발대 동료 중에 누구 하나 바다에서 살아온 사람이 없다는 것을 너무 잘 알기에 누구에게 말할 것도 없이 옷을 벗었던 것이고, 아직은 냉기가 감도는 3월 초순의 고흥반도 앞바다에 팬티 차림으로 바로 뛰어든 것이다.

얼마 되지 않은 순간의 시간이 지나고 총과 군장을 한 손에 들고 강원도 대진 앞바다에서 어린 시절부터 밥만 먹었다 하면 뛰어들며 놀던 수영을 하며 한 손으로 헤엄치며 올라왔다.

몇 명 되지 않았지만 우뢰와 같은 박수라는 말이 무색하리만치 큰 박수를 받았다.

순간 머리를 스치는 생각이 이게 무슨 그리 대단한 일이라고 하는 생각, 그리고 내가 여러 사람에게 이리 큰 박수를 받아 본 적이 있었나 하는 어색한 쑥스러움이다.

나 역시 쌀쌀한 바닷바람에 온몸이 추웠지만 일단 추위와, 고참들

의 따가운 눈초리에 온몸을 떨고 있는 김 일병에게 다가가

"많이 춥겠다. 걱정할 것 없으니 몸 좀 녹여라."

라고 말하며 안심시키고 나니 나 역시 온몸이 사시나무가 떨듯 떨림은 어쩔 수 없었다.

당시 나의 위치가 중대 본부 행정병으로 있었고 중고참이었기에 후임들 훈육이나 얼차려는 나와 우리 동기들의 몫이었다.

모든 것에 겁에 질려 있을 김 일병과 그의 동기들이었기에 더 이상의 기합은 없는 것으로 무마되었다.

당시에도 오랫동안 회자되었던 이야기였고 나의 기억 속에도 오래 남은 추억의 군대 생활 중 하나였던 것 같다.

당시 함께 생활한 동료들, 이제는 고희의 나이에도 만남을 기다리며 3년이 채 되지 않는 군 생활의 이야기들을 밤을 새우며 이야기하고 3년의 이야기를 50년 가까이 하고 또 하고 아침 해장국집에서도 이어지고 헤어짐을 아쉬워하며 다음 만남을 기약하곤 한다.

2025년 3월에는 단양에서 모임을 할 때 내일 아침이면 헤어진다는 생각들이 앞서서인지 모이자마자 다음 모임을 7월 11일에 중간 지점인 천안쯤에서 하자며 미리 못을 박듯이 이야기하였던 것이다.

이들과 함께한 50년의 시간들이 나에겐 행복이고 기쁨이었다.

앞서도 말하였지만 친구들과 함께할 기쁨이 이제는 많이 남지는 않았겠구나 생각을 하면 괜한 우울감과 눈시울이 젖어 온다.

친구들도 많고 주변에 좋은 사람도 많지만 바로 이들이 나에게는 좋은 오크통에서 50년 동안 숙성되고 있는 최고의 위스키와 다를 바 없는 친구라고 큰소리치면서 자부하고 싶다.

〈귀한 50년산 위스키 같은 벗들〉

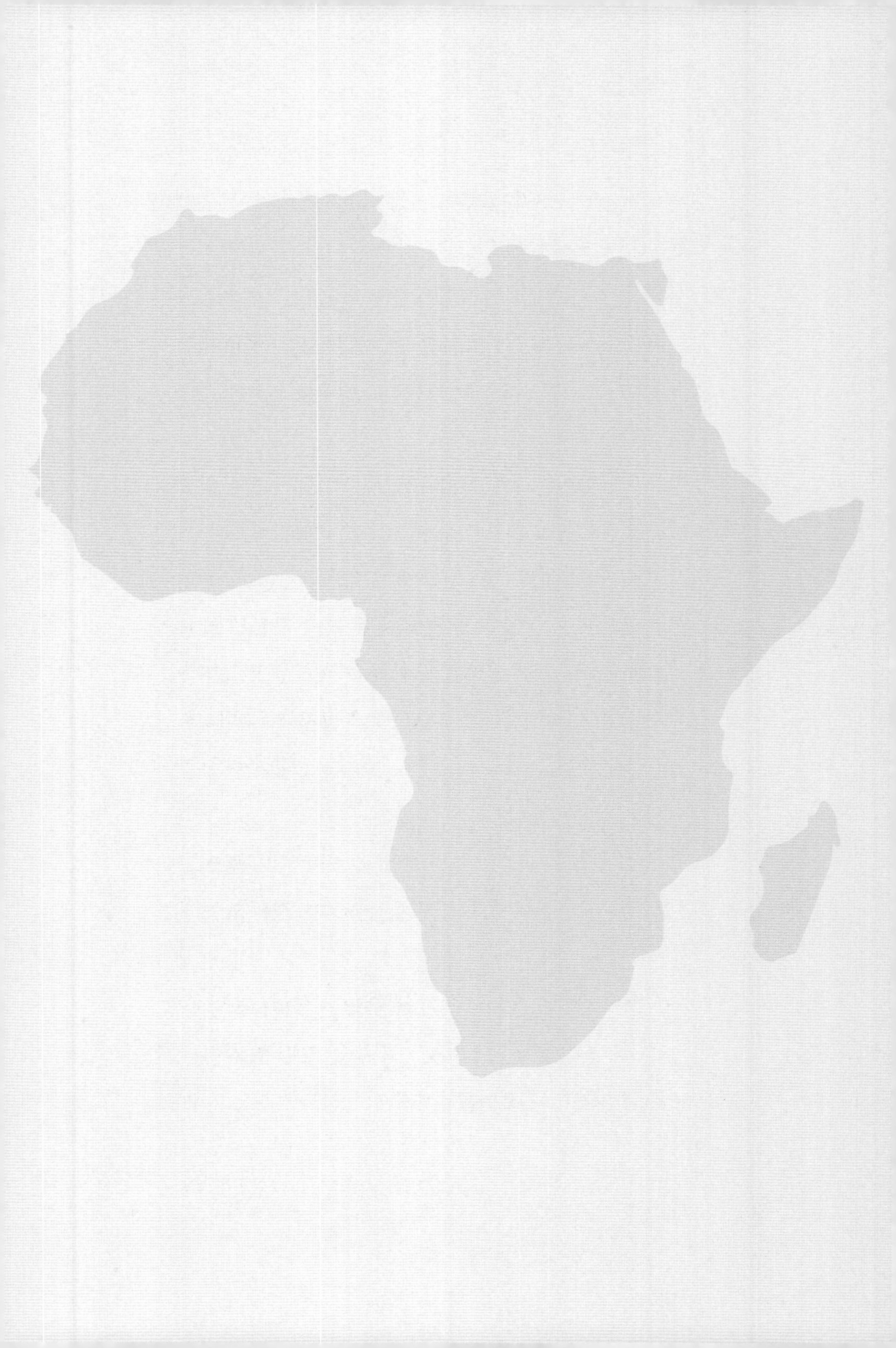

VI

실패와 성공은
같은 길을 걷는다

경남 하늘에 날리는 스티로폼

웃음도 울음도 나지 않았다.

그야말로 어이가 없다고 해야 할지 고개를 들어 보면 모든 하늘이 하얀 대봉투 크기의 스티로폼이 날아다니고 있다.

헛웃음만이 자꾸 나온다. 세차게 불어 대는 비바람과 함께 날아다니는 하얀 방석이 나를 어지럽히고 있다.

하늘이 나를 버리는 걸로 생각했다.

'넌 잘못한 게 많으니 이 정도의 벌은 당연하게 받아들여야 할 것이다'라고 하는 것 같았다.

대다수 사람들의 사업이나 장사는 열심히 하다가 무언가 뒤틀려서 아니면 순간의 선택을 잘못하거나 하여 많은 사업적 실패의 원인이 있기 마련이다.

다시 말하면 모든 것은 시작한 후에 잘못되는 결과를 이야기할 때 하는 말들이다.

근데 왜 나는 시작도 하기 전에 이러한 시련을 겪는단 말인가?

1983년 10월, 군대 제대 후 3년쯤 지났을 무렵 이것저것 조그만 사업을 하면서 보다 안정되고 내가 본격적 재미를 느끼면서 할 수 있는 무엇이 없을 것인가를 고심하면서 닳은 사람을 만나 보고 많은 곳을 다니고 있을 때였다.

더위가 한풀 꺾였을 때쯤 서울로 친구들도 만날 겸 '서울에는 도대체 무슨 사업이 잘되고 있을까?' 하는, 좋은 말로 하면 사업 구상도 할 겸 아침 기차를 타고 올라왔다.

다들 바쁘게 움직이는 나이들이어서 다들 퇴근 후 몇몇 친구들과 같이 만나서 회포를 풀기로 했었다.

시간이 제법 남았다는 생각에 청계천을 돌아보고 날씨도 좋고 하여 을지로 퇴계로를 지나 구수한 냄새가 풍겨 오는 장충동 족발집들을 지나서 장충체육관 앞에 도착했다.

무엇을 보고 싶다는 생각 따위는 없었기에 친구들 만나는 시간까지 무료함도 달랠 겸 체육관 앞에 섰는데 조금 떨어진 곳에서 왁자지껄한 소리와 사람이 몰려 있는 한 무리가 눈에 들어왔다.

'무엇이길래?' 하는 궁금함에 발길을 그쪽으로 돌려 보았다.

몰려 있는 많은 사람들 대다수가 손에 별로 크지도 않은 하얀 스티로폼을 들고 서로들 먼저 달라고 고함치고 있었다.

도대체 무엇이길래?

앞으로 가까이 가서 들여다보니 '방석이요!'를 연방 외치고 있다.

옆에 있는 아저씨에게 "저게 뭔데 모두 사려고 저 난리입니까?" 물었더니 체육관 안에 들어가면 시멘트 바닥이라 차갑고 딱딱해서 저거라도 있어야 몇 시간 버틸 수 있다는 것이었다.

바닥이 딱딱해 봤자 얼마나 앉아 있겠다고 저런 걸 사 가지고 들어간다는 말인가 하는 약간은 코웃음 치듯 돌아서서 오늘 농구 경기는 누가 하는가 보려고 매표소로 발걸음을 돌렸다.

돌아서서 몇 발자국 내딛는 순간 갑자기 나는 무엇에 이끌리듯 뒤돌아서서 방석 파는 곳으로 달리다시피 갔다.

코웃음 치며 돌아서는 순간 나의 뇌리를 스치며 그야말로 수만 가지 생각이 나의 온몸을 덮었던 것이다.

그래 바로 저것이다!

내가 서울 온 목적이 바로 저것을 보려고 온 것이다.

그렇지 않아도 지금의 마산 공설 운동장은 82년 개장한 이후 연일 각종 행사와 운동 경기로 수많은 인파가 들끓고 있다.

게다가 며칠 후 마산시민이 열광하는 프로야구가 열리는 공설운동장에서 저걸 팔면 엄청난 수익을 올릴 수 있을 것이다.

〈실패는 성공으로 가는 길임을 알려 준 장충체육관〉

너무나 얇다 보니 모두가 한 사람에 두 개씩은 사 가지고 갈 것이며 원가는 얼마 하지 않을 것이고 개당 몇 배는 남는 장사일 것이라는 생각에 마음이 급해졌다.

그걸 사려고 몰려 있는 수많은 인파의 속을 재빠르게 뚫고 앞으로 가서 두 개를 샀다.

혹시 부서지거나 조금이라도 훼손이 될까 해서 두 손으로 소중하게 가슴에 안다시피 하여 길 건너 버스정류장으로 갔다.

서울역으로 가는 버스에 올라타고도 조바심과 급한 마음뿐이었다.

머릿속은 온통 마산으로 빨리 내려가야 한다는 생각뿐이고 '이걸 만드는 공장이 어디 있을까?' 하는 생각만 가득했다.

서울역에 와서 넉넉지 않은 호주머니 사정이었지만 빨리 가야 하기에 특급열차로 기차표를 끊었다.

자리에 앉고서야 친구들과의 약속이 생각났다.

'아차!' 하는 생각이 들었지만 핸드폰도 없던 시절이고 어쩔 수 없다는 마음에 내일이나 연락하여 급한 사정을 이야기하면 다들 이해하겠지 하는 마음이었다.

부산까지 오는 6시간 정도의 긴 시간 내내 '제작할 공장은 어디로 해야 할까?' '만들고 나서 판매는 어떠한 방법이 효과적일까?' 참으로 많은 생각들로 피곤함을 하나도 느끼지 못하고 눈 한 번 감아 보지

 도전! 아프리카

못하고 서울에서 출발하여 부산으로 해서 마산까지 온 것 같았다.

1982년 10월 경상남도에서는 최초로 마산에서 전국체전이 개최되었고 전두환 대통령이 참석하여 개회사까지 하여 그 이후 경상남도 전체가 특히 마산은 그야말로 잔치 분위기가 이어지고 있는 것이다.

장충체육관 앞에서 방석을 보고 콧방귀를 뀌고 돌아서던 순간 떠오른 생각이 며칠 후 치러질 경남 마산의 롯데 자이언츠 프로야구 경기가 있을 것이고 그 이후 마산 공설 운동장에서는 크고 작은 많은 경기나 행사로 인하여 항상 인파가 들끓게 될 것이다.

나의 머릿속은 이미 물건을 제작하여 수만 개를 팔고 있는 나의 모습을 그리고 있었다.

스티로폼 방석은 나에게 있어서 천재일우의 기회였다.

시기적으로도 이렇게 잘 맞을 수가 없고 생각할수록 얼굴에 슬며시 미소가 떠오르는 걸 막을 수 없었다.

수만 가지의 모래성을 지으며 큰 꿈을 안고 먼 바다를 향해 힘차게 나아가는 나만의 꿈을 만들어 갔다.

밤늦게 부산에 도착하여 마산으로 가니 밤이 깊은 시간이었다.

다음 날 새벽에 일어나 여기저기 발품을 팔며 아는 선배들을 수소문하여 스티로폼 공장을 찾아 나섰다.

뛰어다닌 보람으로 저녁 늦게야 김해 근처에 공장이 있다는 말을 듣고 다음 날 아침에 버스를 두 번이나 갈아타고서야 김해에 있는 스티로폼 공장에 도착했다.

공장 정문 앞에 서니 앞날에 무지개 같은 미래가 보이는 것 같아 뭔가 모를 뿌듯함이 가슴을 뛰게 했다.

생각보다 가격이 저렴해서 조금은 놀랐다. 내가 장충체육관 앞에서 사 가지고 올 때 가격으로 판매한다면 금방 부자가 되겠다는 단순함까지 생겼다.

그동안 이것저것 하면서 모아 온 돈을 모두 쏟아부었다.

뒤를 돌아보거나 먼 앞날을 생각해 볼 필요조차 없었다.

충분히 승산 있는 게임이라 생각하지 않을 수 없었다.

마음이 급한 만큼 평소의 나답지 않게 많은 생각이 부족한 부분은 있었지만 며칠 후 생길 이익을 생각하며 크게 개의치 않았다.

롯데 자이언츠의 경기가 일주일 후라 경기 일자에 맞추어 당일 새벽에 공장에서 인수한다는 조건으로 하여 4만 개를 주문하였다.

마산으로 돌아오자마자 당일 싣고 올 트럭을 수배해 두고 공설운동장 인근 공터에 방석을 판매할 천막을 임대하고 새벽 일찍 설치해 줄 것을 다짐해 두면서 방석을 판매할 아르바이트 아주머니도 3

명을 알아봐 두었다.

　나에게 그때의 일주일은 그야말로 7년의 시간만큼 길었다.

　하다 보니 자금이 조금 부족하였지만 지인들에게 조금 빌려서 해
결하며 모든 게 순조롭게 돌아가고 있었다.

　롯데의 경기가 시작되는 날 새벽.

　운동장 근처 천막 설치를 거들고 있을 때 비가 좀 내리고 있었지
만 이 정도야 하는 마음으로 개의치 않았다.

　다만 마음속으로 '왜 내가 날씨를 생각하지 않았지?' 하는 조금은
찜찜한 기분을 가졌다.

　천막 안으로 몇 백 개씩 묶은 스티로폼 방석을 모두 들여놓고, 판
매할 아주머니들에게 주의 사항을 말해 주고 있는데 바람 소리와 빗
소리가 심상치 않았다.

　다들 비가 그치기를 고대하면서 천막 안쪽에 묶어 둔 스티로폼
방석 위에 걸터앉아 있었다.

〈삶의 교훈을 준 태풍과 스티로폼〉

10분쯤 지났나? 천둥과 함께 몰아치는 거센 바람에 천막이 뒤집히고 묶음 방석들이 이곳저곳으로 굴러다니기 시작했다.

모두들 정신이 없었다. 우왕좌왕하며 굴러다니는 방석 뭉치를 잡으러 다녔다. 그러던 중 묶여 있는 끈이 하나씩 풀어지면서 이젠 굴러다니는 것이 아니라 날아다니기 시작했다.

잡으러 뛰어가던 내 몸에서 갑자기 모든 기운이 빠지면서 주저앉아 버릴 수밖에 없었다.

태어나서 처음으로 울고 싶었다.

나에겐 그냥 스티로폼 방석이 날아가는 게 아니었다.

나의 꿈, 나의 희망과 미래가 모두 날아가고 있는 것이었다.

얼마 지나지 않아 비를 맞으며 멍하니 쳐다본 공설 운동장 하늘은 이미 스티로폼 방석 눈이 날리고 있었다.

그걸 바라보며 처음으로 하늘을 원망했다.

'내가 잘못한 것도 없고 열심히 살아오며 오늘 처음으로 작고 보잘것없지만 내가 시작해 본 사업인데 왜? 왜?'

어릴 적 10살쯤 대진항에서 아버지의 배가 전복되어 선원들이 모두 수장되고 그 가족들이 포구에서 울고 고함치던 시간들이 내 눈물 속에 함께 떠올랐다.

어이가 없고 눈물이 줄줄 흘러내렸다. 울고만 있을 수는 없는 시간이다. 불현듯 그렇게 생각하자 머릿속이 맑아지면서 '무엇이 잘못

되었나?' '어디서부터 꼬인 거지?' '내가 지금 실패한 원인은 무엇인
가?' 하는 생각이 머리를 메웠다.

어떻게든 헤쳐 나가야 한다. 이 정도로 주저앉는다면 김용구가
아니지 않는가?

가까이 사는 친구와 함께 위로주 겸 나 스스로 달래야겠다는 좁
은 생각에 많은 술을 마시고 있는데 술집의 벽 선반에 올려져 있는
티브이에서 뉴스가 나온다.

화면에 나오는 건 다름 아닌 내가 팔려고 쌓았던 스티로폼 방석
들이 마산 상공을 날아다니는 장면이 나오고 있다.

아픔을 잊자고 친구와 술자리를 한 것인데 이게 무슨 다시금 새
겨 주는 기억인지 모르겠다.

그것만이 아니었다. 이어서 나오는 말은 날아간 스티로폼 방석이
마산에서 50킬로미터나 떨어진 진주까지 날아갔다는 뉴스였다.

게다가 해당 업자는 경찰에서 수소문 중이라는 뉴스까지 길게 나
오고 있었다. 큰일 났구나 하는 생각과 수소문 중이라는 말이 자꾸
만 머릿속에서 맴돌고 있었다.

다음 날 누나가 운영하는 가게로 가는데 먼발치에서 나를 본 누
나가 갑자기 뛰어오는 것이 보였다.

'뭐가 저리 급하다고 뛰어오시지?' 하는 생각으로 가까이 온 누나

를 보고 "어디 가요?" 하고 묻는데 갑자기 내 옷소매를 끌더니 시장 한 귀퉁이로 데리고 가더니

"용구야 니 뭐 잘못한 거 있나? 조금 전에 경찰 2명이 와서 용구 니 찾더라, 내가 뭣 땜에 내 동생 찾느냐고 물으니까 공설 운동장 앞에서 스티로폼을 아무 데나 버려서 찾으러 왔다고 카던데 그런 거 버린 게 무슨 죄가 된다고 그라노?"

"뭐 좀 팔려고 하다가 일이 좀 이상하게 된 게 있어서 그런 거니까 누님은 걱정하지 마이소, 그리고 또 온다고 했다 하니까 오면 며칠째 집에 안 들어오고 있다고 말하면 됩니다."

"그라마 혹시 어제 마산 천지에 스티로폼이 날아다니고 진해, 진주까지도 날아갔다고 시장 안에 온 소문 다 퍼졌던데 그기 용구 니가 팔던 거 맞나?"

"아… 예 그냥 누님은 모른 척 하이소 내 며칠 친구 집에 있다가 들어올게요."

본의 아니게 좋은 일도 아닌 걸로 마산의 아니 경남의 유명 인사가 되어 버린 것이다.

길게 생각하며 끙끙거릴 일은 아니었다.

잘못된 것을 빨리 찾아내어 다시는 이러한 어리석음을 범하지 않아야 할 것이다.

미처 생각지 못한 나의 실책은 그날 경남 바닷가를 뒤덮은 태풍

이 변수였던 것이다.

지금처럼 날씨가 나오거나 모든 걸 알려 주는 휴대폰이 있었던 것도 아니었고… 하지만 모든 상황을 염두에 두지 않고 섣불리 일을 시작한 것이 나의 불찰이었던 것이다.

하지만 생각해 보니 '그날의 실패가 없었더라면 용의주도함을 생각하며 일을 진행하는 오늘의 내가 있을 수 있었을까?' 하는 생각을 해 본다.

아직도 스티로폼 박스만 보아도 그날 하늘 위로 날던 방석이 생각나는 것을 보면 일종의 트라우마로 자리 잡았나 보다.

또 하나는 스티로폼 상자와 가장 가까이 지내고 있는 생선 사업을 한다는 아이러니라 할 수 있을 것이다.

그 당시에 나로 인하여 고생하신 마산시 경찰관분들과 그 외 다수의 관계자분들 모두에게 죄송한 마음을 전해 본다.

오늘날 조금이나마 사회적 봉사로 보답함을 대신하겠습니다.

천대산 복합전망대 및 관광모노레일 사업
서구체육회장 취임 기념
사랑의 백미(170kg) 전달
서구체육회장 김용구

금산의 못난이 꼬마 인삼이
나에겐 힘이었다

군대에서 전역한 지 얼마 되지 않은 시절이라 '무엇을 해서 내가 이 세상에 제대로 자리를 잡을 것인가?' 하는 생각에 이곳저곳을 많이 다니며 생각이 많을 때였다.

마산에서 무엇을 하던 자리를 잡고 생활하기에는 혈기 왕성하고 자신감 가득한 나에게는 좁은 울타리에 갇힌 앞마당의 사자 같은 기운을 감출 수 없었기에 울창한 밀림을 벗어나 광활한 잡초가 무성한 들판으로 뛰쳐나가고 싶었다.

빨리 자리를 잡고 무엇이든 해 보려는 앞선 마음에 허송세월을 하듯 움직이는 것 같았지만 나름대로 많은 생각을 가지고 앞서 이야기한 서울 장충체육관 앞 스티로폼 방석에 모든 생각이 꽂혀 깊이 생각해 보지 않고 저지른 일로 실패를 맛보기도 하였지만 여기저기 살고 있는 친구들 얼굴도 보며 조언도 구할 겸 전국을 다녀 보고 있었다.

오랜만에 연락이 닿은 대전에 있는 친구를 만나 하루를 보낸 뒤 그냥 마산으로 내려가기가 서운하기도 하여 여기까지 왔으니 대전에서 가까운 금산에 인삼이 유명한 곳이라 하니 한번 가서 구경이나 하고 가자 하는 마음으로 금산으로 가는 시외버스에 올랐다.

어디를 가는 길이든 초행길은 뭔가 모를 설렘을 주는 것 같다.
여기 꺾어진 길을 지나면 어떠한 곳이 나를 반겨 줄 것인가?
어떤 사람이 나타나 나와의 인연을 맺게 될까?
새롭고 알 수 없는 설렘이 항상 나를 들뜨게 하곤 했다.

금산 인삼 시장에 도착해 보니 알 수 없는 활기가 천지를 가득 메우고 있는 것 같았다.
인삼에서 풍겨 오는 알 수 없는 야릇한 내음이 괜히 나를 건강하게 만들었다.
인삼이란 단어 자체가 괜스레 뭔가 모를 기운을 넘치게 하는 것이 있는 것 같아 기분이 좋다.

모두가 인삼을 산더미처럼 쌓아 놓고 정리를 하고 있는 것이 대한민국 최대의 인삼 장터에 왔구나 하는 것을 절로 느끼게 한다.
쌓인 인삼 무더기들을 살펴보며 시장 끝까지 한 번 돌아보는데 집집마다 인삼의 종류나 크기가 조금씩 차이가 있는 것 같았다.

　그중 시장의 중간쯤 있는 상인이 인삼을 구분하는 게 다른 상인들하고는 좀 차이가 있는 것 같아 지켜보았다.

　중간에 산더미처럼 쌓여 있는 인삼을 주워서 조금 큰 것은 오른쪽으로 조심스레 놓고, 왼쪽에는 조금 작은 거의 무 꽁다리 크기의 인삼을 그야말로 성의 없이 던지는 것이었다.

　일하는 상인에게 조심스레 물었다.

　"아니 사장님, 왼쪽으로 휙 던지는 저것도 좀 작기는 하지만 그래도 인삼 뿌리인데 그렇게 내팽개치듯 던지는 건 왜 그러지요?"

　"아… 타지에서 오셨구먼? 잘 모르시는 것 같은데 저 잔잔한 건 못 먹는 거여? 저쪽으로 던진 것들은 1~2년생들이라 약효도 없고 먹지도 못하는 것들이여."

　그 말을 듣는 순간 나의 머리가 상당한 속도를 내면서 회전하는 것을 느낄 수 있었다.

　"사장님, 그럼 저 잔뿌리들 버리실 거라 하니까 제가 막걸리값이나 넉넉히 드릴 테니 저한테 주세요."

　"아니 저걸 어디다 쓰려고? 쓴맛이 돌아서 쓸데가 없을 텐데… 그래 알았어요, 저렇게 쌓아 둔 집이 몇 집 있으니 말해 줄 테니까 가져가요."

‘이게 웬 횡재냐?’ 하는 마음이다. 여기에 쌓여 있는 것만 해도 산더미인데 다른 집 것까지 말해 준다 하니 귀인을 만난 듯 고맙다.

시장 한쪽에 모여 있는 용달차를 구하려고 걸어가면서 불현듯 얼마 전 마산 공설 운동장 하늘 위로 태풍에 날리던 스티로폼이 떠올랐다.

좀 더 신중히 생각해야 하는 것 아닌가?

불과 100미터 정도의 길을 걸으며 많은 경우의 수를 생각해 보았다. 그래 이건 태풍에 날릴 것도 아니고 며칠 사이에 상하는 물건도 아니다.

그리고 이건 스티로폼처럼 많은 공간을 차지하는 것도 아니다.

그래 이건 이 정도의 판단이면 결정을 해도 좋을 것 같다는 생각이 들었다.

바로 용달차 한 대를 계약하고 시장 안 1~2년생 인삼을 모아 둔 세 군데 가게에 들러 두둑한 막걸리값을 지불하고 1톤 트럭에 가득 실었다.

차량에 인삼을 싣고 나니 왠지 배가 부른 느낌이었다.

당시로서 금산에서 마산까지의 운반비는 상당히 비싼 편이었지만 그것을 팔 생각에 그러한 경비는 사소함으로 치부해도 좋았다.

용달차와 함께 마산까지 쉬지 않고 달렸다.

4시간이 채 걸리지 않고 마산 공동어시장 근처에 와서 물건 보관

등으로 거래가 많은 업자에게 부탁하여 일단 창고에 보관했다.

다음 날 아침 일찍 미리 준비해 둔 인삼 한 봉지와 음료수를 들고 당시 창원에 있는 경남 대학교로 그야말로 무작정 돌진했다.

나는 길게 생각할 것도 없이 식품공학부 교수실로 가서 자초지종을 설명하며 도움을 요청했다.

"무작정 이렇게 찾아와 무례함을 저지르고 있음을 용서해 주시기 바랍니다. 큰 배움이 없다 보니 주변에 아는 사람이나 이러한 문제를 의논할 곳이 없어서 이렇게 찾아뵈었습니다. 제가 이곳 경남 대학교와는, 제가 가까운 마산에 살고 있다는 인연뿐입니다.

바쁘신 교수님께 잠시만 짧게 말씀드리겠습니다.

지금은 사업이랄 것도 없이 조그만 장사를 하고 있습니다.

충남 금산에서 아직 덜 자란 인삼을 좀 사 가지고 왔는데 혹시 이것이 영양학적 측면이나 식품으로서의 어떠한 효능이 있는지 알고 싶어 이렇게 부탁드리려고 찾아왔습니다.

무례하다 생각 마시고 도움을 주시면 고맙겠습니다."

나의 진심이 교수님에게 전달이 잘되었는지 온화한 미소와 함께 이틀쯤의 말미를 달라고 하시면서 다시 오라고 하셨다.

성실함과 진심은 누구에게나 전달이 되나 보다 하는 감사한 마음으로 교정을 나오면서 저 교수님 역시 나의 살아가는 생에서 꼭 잊

  도전! 아프리카

지 않고 항상 마음에 새길 거라는 다짐을 하며 돌아왔다.

교수님의 영양학적 결과가 나올 때까지 이틀의 시간 동안 나는 한 트럭분의 인삼을 어디에서 판매할 것이며 가격은 얼마에 판매할 것인가 등을 고심하며 인삼에 많은 영양분이 함유되어 있기를 내심 바라는 마음으로 이틀 동안의 긴 시간을 보냈다.

마음 한편에 은근히 가졌던 기대와 달리 인삼의 약효나 효능은 별로 없으나 채소나 샐러드용으로 괜찮다는 교수님의 답변은 조금은 실망스러웠지만 어쩔 수 없었다.

하긴 아무런 대가를 치르지 않고 얻어 온 일종의 버려지는 인삼에서 조금이라도 더 돈을 벌기 위해 약효를 기대한 내가 과도한 욕심을 부렸으니 나답지 않은 생각을 가졌던 것에 민망스러울 뿐이다.

마산 공동어시장 입구 한쪽 귀퉁이에 느점상, 속칭 노바이를 하기 위하여 전을 펼쳤다.

인삼을 봉지에 담아 줄 때 손님에게 조금이라도 푸짐함을 느끼게 해 주기 위해 한 되짜리 쌀 됫박을 사서 거기에 푸짐하게 인삼을 담아 인삼 봉우리 더미 위에 두고 그것을 담아 줄 조그만 까만 비닐봉지와 지폐를 담을 전대를 준비하고 나니 마치 전쟁을 위한 만반의 준비를 갖춘 군인의 마음이다.

아직 시장이 활성화되기까지는 이른 시간이었지만 불어오는 바람에 풍기는 인삼 냄새가 지나다니는 행인들을 자극하는 탓인지 힐끔거리며 눈길을 주던 행인들이 하나, 둘 모여들기 시작한다.

미리 비닐봉지에 담아 두었던 꼬마 인삼들이 금방 팔려 나가면서 나무 됫박에 푸짐하게 담아 손으로 눌러 가며 비닐봉지에 담아 주니 그걸 받고 돌아서는 손님이나 나 역시 정신이 없었다.

산더미처럼 쌓아 두었던 어린 고사리 같은 인삼이 점심 식사할 사이도 없이 오후 세 시쯤 장이 파하기도 전에 동이 나 버렸다.

일찍 파한 장터를 뒤로하고 바로 금산의 인삼을 고르던 사장님께 전화를 했다.

물건의 팔리는 속도와 양으로 가늠해 볼 때 처음 가져올 때와 달리 그냥 막걸리값이나 쳐서 주고 가져올 게 아닌 것 같은 기분이 들었다.

중요한 것은 그냥 가져온 것을 팔아서 많은 이득을 보았으니 금산의 사장님께도 조금이나마 그에 상응하는 보답을 하는 게 장사하는 사람의 최소한 상도덕일 것이라는 생각이었다.

"사장님께서 꼬마 삼을 주시고 또 주변 분들 것까지 소개해 주신 덕택에 마산까지 가지고 와서 이리저리 팔아서 이문을 조금 남겼습니다. 제가 올라가서 또 가져올 게 있다면 사장님께 조금이나마 돈을 드리고 가져오고 싶습니다."

　　　　　　　　　　　　　　　　　　　도전! 아프리카

"거 참 잘됐네요. 김 사장 장사수완이 좋은가 보네요. 아무도 안 먹는 걸로 알았는데 그걸 다 팔고 말이야. 그래 내일 와요. 내가 몇 군데 말해서 모아 놓을 테니 가지고 가서 팔아 보세요."

고마우신 금산의 사장님께서 아주 호쾌하게 대답해 주시면서 나에게 큰 힘을 주셨다.

다음 날 일찍 금산으로 가서 근처 슈퍼에 들러 주변 분들과 드실 과일과 음료수를 넉넉히 사 가지고 사장님을 찾았다.

친동생을 맞이하듯 두 팔을 활짝 벌리고 반갑게 맞이해 주신다.

난 순간 드는 생각이 '세상에는 직업에 귀천이 없다는 말은 바로 저 사장님처럼 인품을 갖추신 분이 무엇을 하더라도 어떠한 물건을 팔더라도 그 상품은 고귀하고 아름다운 값어치를 하는 물건이 될 것이다' 하는 생각을 해 보았다.

다들 바쁘게 움직이시는 분들이라 오래 앉아 이야기하는 게 장사 하시는 분들에게 방해되는 것 같은 마음에 금산 사장님의 몇 마디 말로 다들 가게로 돌아가고 나 역시 상인들의 가게로 따라갔다.

막상 따라가서 모아 두었던 꼬마 인삼들의 무더기를 보니 지난번 처음 가져갔던 양의 세 배는 될 것 같았다.

시장 입구로 가서 조금 큰 트럭을 알아보고 바로 물건들을 실었다.

그리고 많지는 않지만 봉투에 준비해 온 돈을 금산의 사장님께 드렸더니 받지 않겠다고 손사래를 치신다.

나 역시 다음을 위해서라도 받아 달라고 사정을 하며 드렸다.

마산으로 돌아오는 차에서 피곤이 몰려왔지만 좋으신 분들과 만나 좋은 이야기를 나누고 참된 사람들이 모여 사는 모습을 보고 온 탓으로 기분이 정말 좋았다.

장사에 대한 많은 것을 배운 것 같은 푸근함이다.

다음 날 일찍부터 다시 한번 노바이의 장을 펴고 시작한 판매는 가져온 물건을 모두 하루하고 반나절 만에 동나게 하는 내 나름의 기록을 세웠다.

그 이후로 두세 차례 금산을 오가며 사업이라 할 거는 없지만 누가 생각하지 않는 것을 장사의 수단으로 활용할 수도 있구나 하는 새로운 아이템을 얻은 것 같아 큰 경험을 할 수 있었다.

그러한 중에 왜 마산에서 태풍에 날아갔던 스티로폼들이 생각 나는지… '성공과 실패의 차이는 무엇일까?' 생각해 보는 시간을 가졌던 것 같다.

〈장사의 다양함을 맛보게 해 준 금산의 꼬마 인삼〉

VII

아프리카가 준
또 하나의 선물

아프리카 관직에 오르다

인간은 누구나 세 번의 기회가 온다는 말들을 자주 하곤 한다.

하지만 그 기회란 것이 참으로 재빠르고 눈에 잘 보이지도 않고 하여 대다수가 이것이 기회인가를 인식할 사이도 없이 가 버린다.

나 역시 언제 어떠한 기회가 왔다가 갔는지 알 수도 없을 뿐이다.

하지만 기회라는 것은 무엇이든 항상 골똘히 생각하며 살고 열심히, 매사에 성실히 임하다 보면 나도 모르는 사이에 자주 내 앞에 항상 마주하고 서 있다고 나는 생각한다.

그리고 마주 서서 보고 있을 때 이것이 기회다 싶을 때 힘껏 낚아채듯 잡고 나의 것으로 만들어야 할 것이다.

2003년 봄이었던 것 같다.

평소 친하게 지내며 술도 같이 나누는 선배가 연락이 와서 만나자고 한다.

항상 선배의 만남은 연락이 오는 순간부터 기분을 좋게 한다.

오랜 시간 만나 온 분이지만 항상 사람을 대할 때마다 좋은 말을 해 주며 용기를 주고 바른 생활의 모범을 보여 주면서 말하지 않아도 깨우치게 하는 가르침을 주는 분이라 많은 것을 배운다.

"김 사장 당신 한국에 영사관 하나 개설해야겠다."

그야말로 두서없는 선배의 말에 대꾸할 말을 잊었다.

"김 사장 당신 공무원 생활해 본 적 없지? 이번 기회에 외무부 공무원으로 한번 활동해 보자."

"선배님! 가끔씩 저를 놀리는 줄은 알지만 무슨 말씀을 하는지 제대로 설명도 안 해 주고 도대체 무슨 말입니까?"

다방면에 발이 넓고 인품을 지니신 분인지라 주변에 항상 많은 사람들이 함께하고 있다.

누군가 필요한 자리에 인재를 찾아 선배님께 부탁을 하는 경우가 많은데 그럴 때 선배님은 적재적소에 맞춘인 인재를 추천하여 그야말로 선배에게 부탁하면 만사형통, 만능인 분으로 소개해 준다는 소문이 자자하다.

"내가 외무부 사람들하고 친하게 지내고 있다는 거 김 사장 잘 알지? 며칠 전 우연히 그쪽에 근무하는 조금 높은 양반하고 한잔 나누면서 나온 이야기가 김 사장 당신이 한 번씩 가는 아프리카 기니비사우 이야기가 나왔는데 그 나라하고 관계는 좋은데 아직 안정된 모

습이 보이지 않고 해서 대사관은 고사하고 아직 영사관도 개설이 안
되어 있다고 하네.”

“그런 이야기는 저도 자주 다니다 보니 많은 이야기를 들어서 좀
알고는 있지요, 그런데 그게 저하고 무슨 관련이라도 있다는 말입니
까? 공무원 이야기는 또 뭡니까?”

사실 나는 선배와 오늘 이러한 대화를 나누기 수년 전부터 기니
에서의 어업이 궤도에 올라섰다는 것을 확인한 후 아프리카의 삼진
수산의 공장이 위치한 깜사르항의 바로 위쪽에 경계를 두고 있는 나
라 기니비사우에 눈길을 주고 그곳으로 수차례 방문하여 관리들 그
리고 국가 고위직 책임자들과 협의를 한 후 배들을 띄우고 있었던
것이다.

내가 조사한 기니비사우는 이곳 기니와 달리 모든 환경이 상상도
하지 못할 만큼 열악한 곳이었다.

포루투갈의 식민지에서 벗어나 20세기 후반인 1973년에 독립하
였으나 계속된 내란, 그리고 쿠데타 등으로 국민의 고통이 심각한
수준이었던 것이다.

국토의 70%가량이 밀림에 덮여 있고 나머지 국토가 대서양에 접
한 해안가에 위치한 습지 지역인 것이다.

<기니비사우 수도 비사으 성당.
야간에는 녹색불이 켜지는 등대로도 사용>

기니비사우 — 원래의 이름은 포르투갈령 기니라 불리었다가 1973년 독립 후 기니비사우란 국가명으로 부름 — 가 해외에 수출하는 것 역시 90%가 캐슈너트이다.

하지만 이마저도 가공할 수 있는 인프라의 부족으로 인도 등 해외로 가공하지 않은 캐슈너트를 싼 가격으로 수출하고 있는 형편이다.

울창한 밀림을 이용하여 해외의 마약상들이 들어와 코카인 제조의 거점으로 하여 국민의 안위와 생명을 위협하고 있다고 한다.

나 역시 한 사람의 사업가로서 기왕 발을 내린 아프리카의 한 국가인 기니비사우에서 그들과 함께 상생할 수 있는 그 무엇을 찾아야 할 것이었다.

역시 나는 어업인인지라 일단 해안가 주민들과 만나 기니에 첫발을 내려 시작할 때처럼 그들이 가지고 있는 배로 고기를 잡게 하고 내가 그 고기를 다른 곳보다 조금이나마 후한 가격으로 구입하여 그들의 생계에 보탬이 되게 해 주는 것이 나의 작은 상생의 첫 번째 방법이었던 것이다.

"한번 같이 만나서 이야기해야 하겠지만 한국에 기니비사우 명예영사관 설립에 적합한 인물이 있겠느냐는 물음에 생각할 것도 없이 김 사장을 추천했지요."

"아니 제가 뭘 안다고 저를 추천하다니? 그러한 업무 자체도 모르

　　　　　　　　　　　　　　　　　　　도전! 아프리카

고 그런 계통으로 아무런 배움이 없는 사람입니다.”

“김 사장, 명예영사란 자체가 무엇을 많이 알고 배우고 하는 문제를 떠나서 그 나라에 대한 공헌이 크고, 그 나라 국민의 이익을 위해 자국민처럼 아끼고 보호하는 자세가 필요한 겁니다. 여러 측면을 고려할 때 기니비사우 정부와 인맥이 돈독하고, 신망을 받는 김 사장이 적격이다 싶었던 겁니다.

그러한 이야기들과 기니비사우에서의 김 사장의 활약상, 그리고 인근 주민들의 김 사장에 대한 믿음 등을 외교부에 이야기해 주었더니 아주 반색을 하며 빠른 시간 안에 연결을 해 달라고 했습니다.”

서울시청에서 근무하고 있는 친구를 단나 하루 시간을 내어 영사관 설립 문제 등을 논의하고 일단 명예영사관 사무실을 구하는 것이 급선무였기에 홍대입구역 앞, 번화가로서 젊음의 거리라 불리는 곳에 제법 규모가 큰 빌딩을 택해 7층에 사무실을 임대하고 아현동 가구거리로 가서 사무실에 필요한 집기 등을 구매하고 나니 제법 사무실 느낌이 들었다.

서울에 많은 인맥이 있는 것이 아니다 보니 친구에게 근무할 직원이 한 명 필요하다고 하니 고맙게도 친구 부인이 마침 공무원 생활을 하다가 명예퇴직 후 요즘 집에서 쉬고 있다고 한다.

모든 게 잘 맞아떨어지고 일이 생각보다 쉽게 풀려나갔다.

다음 날 함께 그동안 명예영사관 설립 문제로 몇 차례 만나 얼굴을 익혔던 외무부 서아프리카 담당 서기관을 만나 근무할 직원인 친구 부인을 인사시키고 그동안 준비하였던 과정을 이야기해 주며 관련 서류를 전달하고 또 다른 부족한 점이 없느냐 했더니 처음 경험해 보시는 업무임에도 완벽히 준비하셨다고 만족을 표시했다.

명예영사란 업무 자체가 기니비사우에서 한국으로 방문하는 사람이 없으면 특별히 할 일이 없다 보니 가끔씩 서울 출장길에 올라와 근무하는 직원에게 연락 온 곳 등의 업무보고만 있을 뿐이었다.

두 차례 기니비사우 정부 관료들이 출장을 와서 외무부로 함께 동행하여 일을 마치고, 그 이후 기니비사우 사업가들의 몇 차례 방문으로 관련 업무 국내 회사를 연결해 준 것이 명예영사로서의 뿌듯한 업무라 할 수 있을 것이다.

업무의 많고 적음을 떠나 짧다면 짧은 시간이었지만 기니비사우에서의 나의 사업이나 그곳에서의 역할이 결코 무의미하거나 작은 것이 아니었을 것이다.

자부심과 함께 내가 아프리카에서 사업을 한 기니비사우를 위해 작은 부분을 담당했었다는 것이 그 어떤 공직자의 일보다 크나큰 나랏일을 했다는 뿌듯함을 가지게 되었다.

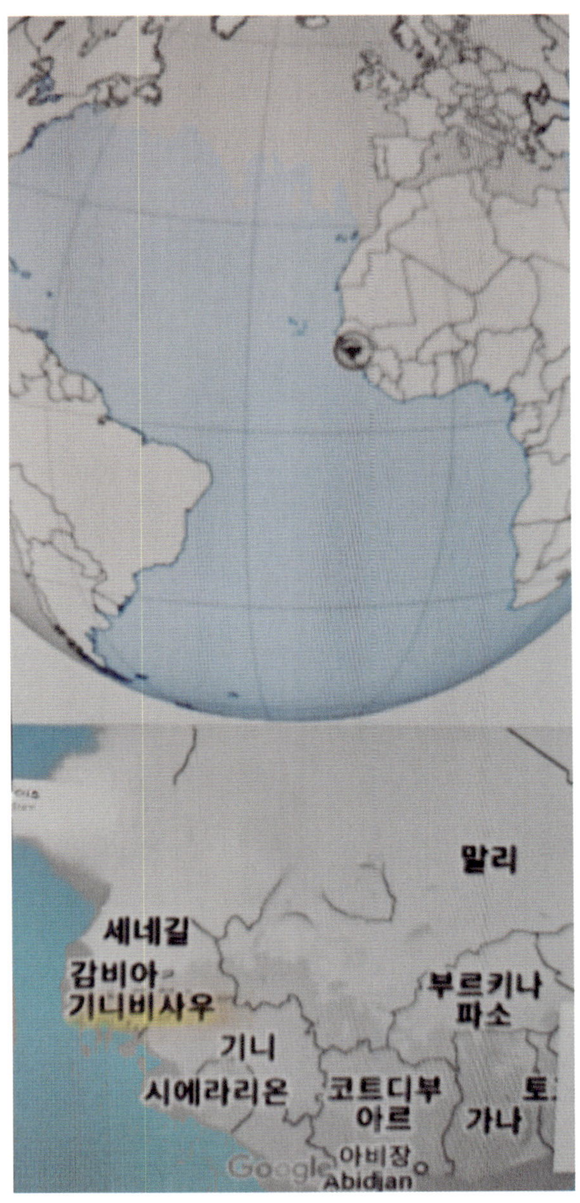

〈나에게 관직을 준 기니비사우〉

VIII

무모함이 불러온 어리석음

조그만 양주가 준 교훈

모리타니 수도 누악쇼트 공항에 억류 아닌 억류가 되어 버린 시간이 벌써 8시간이 되어 간다.

그야말로 말도 통하지 않는 이국땅 아프리카에서 이게 무슨 일인가 싶다.

인천공항에서 15시간을 날아와서 스페인 마드리드 공항에 도착하고 다시 국내선으로 환승하여 세계적 어업 전진기지가 자리하고 있는 라스팔마스에 도착했다.

그리고 다음 날까지 기다렸다가 모리타니로 가는 작은 비행기에 오를 수 있었다. 모리타니의 공항에 도착 후 생각지도 않던 문제가 생긴 것이다.

두 병을 합쳐도 그야말로 소주 반 병 정도밖에 되지 않는 작은 샘플 같은 100㎎ 양주 조니워커 두 병이 말썽을 일으켰다.

인간은 누구나 자신의 언행에 대하여 어떠한 것이든 책임이 따른다고 생각한다.

다수의 사람들이 하는 행동에는 모르고 행하는 잘못일 경우가 많겠지만 가끔은 '아…! 이 정도는 괜찮을 거야' 하는 조금은 안이한 생각이 잘못된 것임을 알면서도 행동할 때가 있는 것이다.

위 두 가지 상황 중 좀처럼 일어나지 말아야 하고 어쩌면 당연히 하지 말아야 할 후자를 행하고 한참을 후회하는 시간을 보낸 적 있다.

지나고 보니 세월이 빠른 건지 내 나이의 들어감이 빠른 건지 알수 없구나 하는 마음이다.

벌써 10년이나 지난 더운 여름인 것 같다.

남들은 모두 더위를 피하여 시원한 곳을 찾아 계곡이나 바다를 찾아 떠나고 있는 계절이었다.

나 역시 비행기 타고 떠난다 하니까 가까운 친구나 단체에 가입된 사람들은 농담 반 진담 반 섞인 말로 '어디 좋은 데로 피서를 가는가 봅니다' 하면서 부러움을 말하기도 한다.

네…! 좋은 데 갑니다. 조금 심할 때는 하루에 젖은 속옷을 서너 번씩 갈아입기도 해야 하는 곳으로 간답니다.

날씨가 심하다 할 정도로 더워지니까 사람들 입에서 나오는 말이, 우리나라에서 가장 더운 곳으로 소문나 있는 대구를 아프리카에 빗대어 '대프리카'로 부르는 말이 있는데, 나는 그 대프리카의 원조 땅인 아프리카를 향해 가야 한다.

내가 해야 할 일이고 항상 그래 왔듯이 먼 길이고 가까운 곳이고 두려움 없이 다니는 것이 일상인지라 계절을 가리지 않고 일이 있으면 오래 지켜보지 못함이 성격이다 보니 더운 여름철 아프리카로 가는 것 역시 일상화되어 버린 것이다.

아무리 자주 가고 일상화되어 버린 출장길이라 하지만 7~8천 킬로미터 떨어진 외국 땅에서의 모든 일상은 자유롭지도 않거니와 집에서 자는 잠처럼 편하게 잠을 이룰 수는 없는 것이었다.

그러다 보니 아프리카에서 잠을 쉽사리 이루지 못할 때가 많다.

그럴 때면 다음 날의 일정을 생각하여 깊은 잠이 필요할 때가 있다.

조금만 걸어가도 밀림이고 세찬 사막의 모래바람이 날리는 아프리카에서 술집은 고사하고 술을 사기도 힘든 곳이다.

아프리카의 많은 국가나 사람들 대다수가 이슬람이 많다 보니 거리에서 술을 마시거나 취한 모습 역시 보기가 어렵다.

나 역시 그러한 실정을 모르지는 않지만 공장과 조선소가 있는 기니의 경우 크게 제재를 가하는 경우가 없다 보니 출장길에 가방에 한두 병쯤 넣고 가서 많은 생각 때문에 잠이 들지 못할 때면 가볍게

  도전! 아프리카

한 잔씩 마시며 잠이 들곤 했었다.

그러한 일들이 주마등처럼 스치면서 드는 생각이 '그건 모두 운이 좋았다는 것인가?'

몇 차례 누악쇼트를 방문했지만 새롭게 신공항을 개장한 이후의 모리타니는 첫 출장 때였던 것 같다.

캐리어를 찾는데 나의 것 같지 않다는 느낌이 들면서 무언가 노랗고 빨간 줄이 그어져 있는 스티커가 붙어 있었다.

엑스레이 투시기에 무언가 찍힌 것이다. 캐리어 안에 들어 있는 물건 중에 통관되어서는 안 되는 물건이 있으니 세관으로 오라는 계고장인 것이다.

조금은 조마조마한 마음으로 세관으로 갔다.

운명의 지루함이 시작된 것이다.

벌써 두 시간 정도가 지났건만 "WHY?"를 몇 번 외쳐도 돌아오는 대답은 한 가지뿐이다. "WAIT!"

지친 나에게 별로 마음에 들지 않게 생긴 — 그에게 나 역시 마음에 들지는 않겠지만 — 짙은 초록색 제복을 입은 흑인 세관원이 다가오더니 가방을 열어 보라고 명령조로 말을 한다.

옷 속에 얌전히 누워 있는 작은 양주 병을 꺼내 든 공안원은 나에게 길게 떠들어 댄다.

외국어에 대한 심리적 불안감 때문인지 귀에 들리지를 않는다.

알았다고 몇 번을 이야기한 후 벌금이 얼마인지 물었다.

압수한다는 시늉을 하고는 가지고 가면서 또 기다리라고 한다.

평생을 빨리빨리 문화에 젖어서 살아온 나에게 있어서 제대로 된 설명도 없이 막연히 기다리라고 하는 건 거의 고문이었다.

두어 시간이 지나고 나서 따라오라고 하더니 한 사무실로 데리고 가서 무어라 아랍어로 떠들고 있다.

아랍어란 게 쓰기도 힘든 글씨지만 영어와 달리 끼워 맞추어 듣기도 힘들었다.

결국 수첩에 800 USD라고 적어 준 걸 보고 벌금을 내라는 걸 확인할 수 있었다.

당시의 환율로 계산해도 적지 않은 금액이었다.

그것도 거의 5시간 가까이 억류된 상태에서 말이다.

그래 이거라도 주고 빨리 나가자 하는 마음으로 오케이를 연발하며 지갑에서 100달러 지폐 8장을 주었다.

'이제 답답한 이곳에서 곧 나가겠지?' 하는 마음으로 조금은 여유로움이 생긴다.

그야말로 '웬걸?' 바로 나갈 것이라 예상을 했던 탓인지 여태껏보다 시간이 더 길게 느껴진다.

  도전! 아프리카

그리고 또 두 시간이 흐르고 나니 그때에서야 따라오라 하면서 처음의 방으로 가서 가방을 챙기라고 한다.

이게 화가 나고 분통이 터질 일인데 안내하는 이 친구가 갑자기 고맙게 느껴지는 건지…. 거금을 내고도 8시간을 억류되었다가 풀려나는 게 헛웃음이 나며 고맙다.

아프리카란 곳이 호락호락한 곳이 아니라는 것을 다시금 알려 주는 것 같았다.

그동안 20년 가까이 아프리카를 다니다 보니 나도 모르는 사이 아프리카는 괜찮겠지 하는 약간은 만만하게 보는 마음이 있었나? 아니면 이제 이곳은 마치 가끔씩 오는 고향 같다는 편안한 생각을 가져서인가?

어찌 되었건 이번 일은 나의 사소한 안일함과 초심을 잃었던 그러한 마음 때문에 시간과 돈을 낭비하는 실수를 저질렀다.

하지만 항상 긴장하고 나를 벗어나는 행동은 어떠한 결과를 초래한다는 것을 깨닫게 해 주는 일이었다.

아직도 모리타니는 주류 반입이나 다른 아프리카 국가들과 달리 호텔 바에서조차 주류가 금지되어 있다고 한다.

글을 마치고

지나온 세월을 이야기한다는 것이 쉬운 것은 아니구나 하는 걸 새삼 느끼는 시간이었습니다.

지나간 아프리카의 시작이 쉽지도 않았고 그렇다고 어려운 것만은 아니었습니다.

내가 아니어도 누군가 이루었을 것이고 누구라도 해냈을 것입니다.

다만 콜럼버스의 달걀 세우기처럼 제가 먼저 했다는 것에 용기를 내어 이 글을 쓰게 되었습니다.

글을 마치면서 사실은 나름대로 감추고 싶은 것도 있었고 내세울 만한 것은 아닌데 하는 부끄러운 내용도 많았습니다.

하지만 무얼 감추거나 내세울 그러한 삶이 아닌 지금의 나를 민낯 그대로를 보여 드리는 게 진실이고 지금까지 내가 살아왔던 삶과 일치하는 것이 아닐까 하는 마음이었습니다.

그리고 글 재주와 무관하게 살아왔던 삶이기에 보기 좋고 듣기 좋은 글보다, 그냥 살아온 삶이 진실된 사람의 지금처럼 그렇게 도전과 용기를 가지고 살아왔구나 하는 것을 읽어 주시고 책이라기보다 그냥 저의 마음을 본다는 마음으로 보아 주시면 고맙겠습니다.

아프리카를 바라보는 사람들에게 또 다른 측면에서 작은 것이라도 알려 주고 싶고 저처럼 초기의 많은 시행착오를 줄일 수 있는 데 도움이 되길 바라는 마음이 앞선다고 해야 할까요?

아프리카의 많은 곳을 다녔구나 할 수도 있겠지만 실은 많은 곳을 부딪쳐 보자 하는 도전의 과정이었습니다.

젊음의 시절 역시 많은 일을 해 보는 것도 또 다른 후배들이나 아프리카를 바라볼 시리우스 별과 같은 분들에게 오히려 권하고 싶다는 마음입니다.

부딪쳐 본다는 것은 다시 말하면 용기 있는 도전이라고 할 수 있습니다. 그리고 용기는 바로 새로운 아이디어를 창출해 내는 것이라고 할 수 있으니까요.

모든 꿈에는 길이 있다고 했습니다.

그렇듯이 아프리카의 밀림이나 끝이 보이지 않는 사막에도 크게 눈 뜨고 바라보면 자신만이 걸어갈 수 있는 길이 있다고 생각합니다.

이번에 글을 쓰면서 많은 것을 생각하게 되었습니다. 지나고 보니 세상의 모든 일이 혼자서 할 수 있는 게 없었다는 걸 새삼 느껴 보는 시간이었습니다. 특히 이 시간에도 사구실에서 오랜 세월을 저와 함께 묵묵히 일하고 있는 직원들, 그리고 부산 서구 체육회 조헌서 사무국장과 모든 직원들에게 이 자리를 빌려 감사 인사를 드립니다 ― 오늘의 제가 있기까지 주변의 많은 분들의 도움이 있었지만 항상 가까이에서 조언과 힘이 되어 준 여러분의 덕택이었음에 진심으로 고맙다는 말씀드립니다.

저는 오늘 책을 덮으면서 자신 있게 외칠 수 있는 말이 있습니다.
세상 어느 곳에서나 세상의 어느 누구라도 용기를 가지고 도전을 하는 곳에는 결과는 항상 성공이 기다리고 있다는 말을 하고 싶습니다.

  도전! 아프리카

도전! 아프리카

ⓒ 김용구, 2026

초판 1쇄 발행 2026년 1월 11일

지은이　　김용구
펴낸이　　이기봉
편집　　　좋은땅 편집팀
펴낸곳　　도서출판 좋은땅
주소　　　서울특별시 마포구 양화로12길 26 지월드빌딩 (서교동 395-7)
전화　　　02)374-8616~7
팩스　　　02)374-8614
이메일　　gworldbook@naver.com
홈페이지　www.g-world.co.kr

ISBN　979-11-388-5151-0 (03810)